MW00910507

la Herencia

Rosana López Rodriguez

la Herencia

Cuentos piqueteros

Ediciones **r y r**

López Rodríguez, Rosana
La herencia : cuentos piqueteros - 2a ed. - Buenos Aires : RyR, 2006.
160 p. ; 20x14 cm.

ISBN 987-22816-3-7

1. Narrativa Argentina-Cuentos. I. Título
CDD A863

by Ediciones ryr, 2006, Buenos Aires, Argentina
Queda hecho el depósito que marca la ley 11723
Printed in Argentina- Impreso en Argentina

Se terminó de imprimir en Pavón 1625, C.P. 1870.
Avellaneda, Provincia de Buenos Aires, Argentina.
Primera edición: Ediciones ryr, Buenos Aires, agosto, 2004
Segunda edición: Ediciones ryr, Buenos Aires, septiembre, 2006
Responsable editorial: Juan Kornblihtt
Diseño de tapa: Sebastián Cominiello
Diseño de interior: Agustina Desalvo
www.razonyrevolucion.org.ar
editorial@razonyrevolucion.org.ar

A las mejores experiencias de mi vida, Sebastián y Nicolás. Al compañero que encontré para el camino que resta. A mis padres, por su esfuerzo y su perseverancia. A este colectivo, que cree en la necesidad del arte del movimiento, por ayudarme en el aprendizaje de la militancia.

Por una literatura piquetera

Prólogo a la primera edición de 2004

¿Para qué sirve la literatura?

Recuerdo una anécdota que circulaba en el ambiente pequeño burgués pobre en el cual se desarrolló mi infancia. Un tipo se encuentra con un amigo al que no veía desde hacía tiempo y, como es de rigor, le pregunta por el estado de su familia: "¿Y qué es de la vida de tu hermana?" "¡Ah! Está estudiando Pintura en Bellas Artes", contesta el otro. "¿Y tu hermano mayor, el que se recibió dos años antes que nosotros?", insiste como buscando algo. "Es músico", recibe como respuesta. "Y tu vieja, ¿qué hace ahora?", pregunta-límite, porque a quién se le ocurre preguntar a un amigo por lo que hace su madre. "Escribe. Ya publicó una novela y todo." Más bien irónico, pero por sobre todo, profundamente fastidiado, le pregunta por última (y definitiva) vez: "Pero, decíme, che, ¿en tu casa nadie trabaja?"

La anécdota recoge la dualidad contradictoria en que aparece el arte en la sociedad de clases, en particular, en el capitalismo: por un lado, como actividad inútil, no productiva, mera diversión, distracción de las necesidades elementales, irresponsabilidad; por otro, por oposición, como "producción" de placer, alegría, felicidad. Opone, entonces, el trabajo al arte.

El arte es un tipo de actividad humana que se diferencia del trabajo en que éste tiene por finalidad la reproducción de la vida, mientras la vida artística sólo puede surgir más allá de esa mera reproducción. Por eso, el trabajo forma parte de la esfera de la necesidad mientras que el arte forma parte de la esfera de la libertad. La expansión de las fuerzas productivas sociales, al reducir el tiempo necesario para lograr la subsistencia, resulta en una expansión de la esfera de la libertad. De tal modo, la expansión de las fuerzas productivas es la que amplía permanentemente el campo potencial de la actividad artística. Sin embargo, hasta el día de hoy, la expansión de las fuerzas productivas ha requerido de la existencia de sociedades de clase. Toda sociedad de clases, al ampliar las fuerzas productivas, produce una expansión de la esfera de la libertad, pero por la misma razón distribuye de manera desigual las potencias de esa libertad. Existieron la filosofía y el arte griegos, porque ambos estaban negados a la masa de la población esclava, algo de lo que Aristóteles era muy consciente.

Visto desde el ángulo del "productor", ser artista no es tan sencillo, no sólo por razones técnicas. En las sociedades precapitalistas el arte sólo podía aparecer como actividad estatal, a lo sumo, como mecenazgo; en la sociedad capitalista, el arte sólo puede aparecer como propiedad privada, es decir, como mercancía. Así, el productor del arte gana independencia frente al mecenas, pero pasa a depender del mercado. Igual que todo propietario de mercancías, el artista se encuentra sometido al reino de la necesidad, el arte se transforma en trabajo. Sin embargo, el producir arte, en la sociedad capitalista, no requiere necesariamente depender del mercado. Al igual que los escritores nobles o los esclavistas, el burgués se encuentra liberado de la necesidad, al menos dentro de los límites que su clase le permite. De modo que el arte se convierte en trabajo sólo para el artista que debe vivir de su arte, ya sea proletario o pequeño burgués. Para él, el arte se presenta con la misma contradictoria dualidad de la anécdota que inicia este acápite. Debe participar de la libertad si quiere ser artista, debe someterse al mercado si quiere vivir. El arte, que no es más que una de las formas de la realización de la libertad humana, aparece para el artista proletario o pequeño burgués bajo la única forma que puede aparecer en el capitalismo: como expresión alienada de las potencias humanas.

Visto desde el ángulo del que disfruta de la obra de arte, tenemos otra vez una experiencia alienada: como receptor del arte, sólo puede recibir lo que otro ha construido. En una sociedad donde el arte fuera una propiedad asequible a todos, esta alienación se destruiría por el simple intercambio de las figuras: el receptor podría volverse productor por un simple acto de voluntad. En la sociedad de clases, por el contrario, se expande y magnifica: la producción recae necesariamente en una minoría, mientras la mayoría debe limitarse a la recepción. Se extiende también de manera diferencial entre las clases participantes: el burgués puede ser productor y receptor, mientras la masa de la población, sometida y explotada, tiende a amontonarse en el polo de la recepción. Para esta última, el arte aparece como doble alienación: por un lado, como amputación de una potencia humana; por otro, como negación de los resultados de esa potencia, es decir, como ideología, en tanto el productor pertenece, casi siempre, a una clase enemiga.

Pensado en relación a su función social, el arte puede aparecer bajo dos formas: como ciencia o como ideología. Como ciencia en tanto siempre constituye una reflexión sobre la esencia de lo humano; como ideología, en la medida en que es producto de clases que han cesado de empujar progresivamente la experiencia humana. Por eso, los clásicos son la expresión de la potencia creativa de una clase y toda crisis social tiende a recrear las condiciones de posibilidad de la experiencia artística más genuina. El verdadero arte, entonces, aquella reflexión profunda sobre la esencia de lo humano, sólo puede provenir del cambio y la transformación, es decir, del movimiento.

¿Para qué sirve el arte, pues? Para ocultar o develar las potencias humanas. Para ocultar, en tanto arma de las clases dominantes, defensoras del *statu quo.* Para develar, en tanto arma de las clases dominadas. Es por esta vía que el arte ingresa a la lucha de clases

Literatura y lucha de clases

Despojado el arte de su contenido esencial, la indagación de las potencias humanas, no resulta extraño que aparezca, normalmente por derecha (aunque muchas veces también por izquierda) como un simple pasatiempo pensado por y para aquellos que tienen la posibilidad de experimentar ese placer. Se llega así a la conclusión, entonces, de que el arte, y por ende, la literatura, no forman parte de este mundo y no están sometidos a las leyes y los movimientos de la sociedad de la que brota.

Sin embargo, un breve repaso de la historia de la literatura mostrará lo superficial de dicha mirada. El clásico de los clásicos de la lengua castellana, el *Quijote*, es inseparable de la crisis de la sociedad feudal. La novela es una parodia del género de novelas de caballería, maravilloso por sus hechos imposibles en la realidad, pero testimonio exitoso de una época pasada. La caballería andante (y su aporte a la narrativa con personajes y situaciones) ya había desaparecido para la época en la cual Don Quijote inicia sus andanzas. De allí que parezca loco: no puede darse cuenta (como sí lo perciben sus lectores) de que el mundo ya no es más aquél en el cual "los caballeros arreglaban entuertos". Tampoco puede reconocer que las novelas de caballería habían llegado a su agotamiento formal justamente por estar tan alejadas del movimiento de la vida real. Por esta razón, Cervantes manifiesta, en oposición a su protagonista y por boca de personajes que son más realistas sólo al comienzo, que una de las pocas novelas de caballería que merece ser salvada es el *Tirant lo Blanc*. ¿Por qué pone en boca de sus personajes su predilección por esta novela, entre otras que se salvan del "incendio" de la biblioteca? Sencillamente, nos lo explica, "porque en esa novela los caballeros comen y duermen y mueren en sus camas", no andando por los caminos ideales del mundo. El *Quijote* es hijo entonces, del fin de un mundo: el de la nobleza feudal independiente, todavía no sometida a un estado centralizado, en el que el caballero podía ser idealizado como la justicia andante. La aparición del estado absolutista lo despoja de ese derecho de "desfacer entuertos" y lo recluye a una vida cortesana. Ese trámite no fue hecho sin sangre y serán los escritores del estado centralizado, como Shakespeare, los que celebrarán el fin de la realidad idealizada en las novelas de caballería: la guerra despiadada y destructiva entre señores feudales. Mientras que la precocidad del centralismo español colocaba a Cervantes en la posición del que se ríe y tal vez del que añora, el mismo tema en Shakespeare sólo puede ser trágico. En la Francia de Luis XIV, esa nobleza cortesana se encuentra aún más a la defensiva ante el ascenso de esa burguesía ridiculizada por Molière en *El burgués gentilhombre*. Esa misma nobleza, ya derrotada, aparece en *Rojo y negro* conspirando en voz baja, sabiéndose vigilada. Su última aparición pública queda ya recluida en las novelas de terror, desde *El fantasma de Canterville* al *Drácula* de Bram Stoker. No puede pues, entenderse buena parte de la literatura occidental si no se comprende el movimiento de la sociedad, sus crisis y las luchas que la corporizaron.

¿Cómo entender la literatura romántica sin comprender la contradicción que crea el capitalismo entre la idea de la libertad y su existencia real? La revolución burguesa aparece como la consumación de la libertad; la consolidación del capitalismo, como su negación práctica. Según se resuelva esta contradicción, la literatura romántica adoptará una forma u otra: la exaltación de la libertad como acción pura, el romanticismo revolucionario (Byron, Shelley); el reconocimiento de los límites "necesarios" a la libertad, el romanticismo reaccionario (Chateaubriand); la libertad producto del exilio interior (Bécquer, Rubén Darío); la libertad como negación del orden burgués, el romanticismo aristocrático (Blake, Poe). De este desacople brota el arte romántico y su idea central: el artista como ser superior viviendo al margen de un mundo prosaico que no lo comprende. Justamente, los primeros que reconocieron su situación de "excluidos de la sociedad", de "inútiles para todo trabajo productivo", fueron los románticos mismos. Pensemos en el caso de uno de sus paradigmas, Edgar Allan Poe. Muchos de sus protagonistas son locos, asesinos, tipos desquiciados que no encuentran su lugar en el mundo. El ejemplo de su relato "El corazón delator" viene a cuento. Su crimen es una obra de arte y la confesión se hace inevitable frente a los representantes de una de las formas que adquiere la violencia del estado burgués: la policía. Ahora bien: ¿por qué confiesa? No porque se sienta culpable, sino porque no puede soportar que su sensibilidad suprema no sea reconocida. En el acto de soberbia más espectacular de la historia de la literatura, muestra su superioridad enfrentando la ignorancia de la burguesía que lo desdeña y lo desconoce. Para Poe el arte requiere el desprecio de los valores burgueses: la burguesía es bruta y el artista es superior. Ambas ideas, sin embargo, son falsas y el artista sublima su conciencia de esa falsedad con el mito del "genio solitario" cuya desesperación acaba en la locura. Pero en esa sublimación también reconoce que esa operación es imposible: para que un objeto se constituya en obra de arte (más allá de sus condiciones formales) necesita circular, el artista debe exponerse ante el mundo y éste debe reconocerlo como tal. Tiene, por lo tanto, que superar su "exclusión" y sumergirse en el mundo real, admitiendo de hecho que no es alguien especial, sino casi tan común y corriente como el resto de los mortales. El romántico que exalta su "libertad" termina reconociendo el poder del mercado. La misma contradicción se presenta en otro grupo de cuentos que, en principio, parecen oponerse a los mencionados anteriormente porque su protagonista se caracteriza por un uso impecable del pensamiento deductivo. Monsieur Dupin, detective perfecto en su lógica racional, descubre siempre al criminal agazapado entre la multitud haciendo uso de su capacidad de observación y de su inteligencia. Sin embargo, cuando prestamos algo más de atención, nos damos cuenta de que tiene mucho en común con los delincuentes. Dupin descubre porque se identifica con el proceso creativo de la mente criminal, se pone en su lugar y piensa como él. Los métodos policiales no pueden dar cuenta de nada, justamente por su incapacidad para comprender el hecho estético. De nuevo, la crítica al estado burgués y sus representantes; de nuevo, la superioridad del artista que por fuera de las normas sociales es capaz de entender la realidad (y por supuesto, el arte). Dupin es un detective aristócrata, no sólo porque resuelve los casos por puro placer intelectual y no cobra un dólar por ello, sino también porque esa resolución representa la lectura, la decodificación del arte, sólo posible cuando el receptor es un individuo superior, como el artista mismo.

Veamos otro ejemplo de la relación literatura-lucha de clases, esta vez argentino: ¿cómo entender "Casa tomada" sin el peronismo? ¿Cómo entender "Casa tomada", otra vez, sin entender la actitud que adoptó la pequeña burguesía hacia el peronismo? Esos hermanos que transitan una existencia tranquila, casi aburrida, descubren un día que en su casa se producen ruidos inexplicables. Deciden no saber qué es lo que está pasando allí y van clausurando cuarto a cuarto, hasta el momento final en que huyen sin preguntarse nada acerca de la naturaleza de lo que les sucedía. La irrupción del peronismo en la casa pequeño burguesa aparece como un fenómeno maldito e inexplicable, como algo que brota de la nada.

La literatura, entonces, como todo producto humano en una sociedad de clases, no puede quedar al margen de la lucha de clases. El escritor que cree semejante cosa es, no el más libre, sino el más prisionero de la ideología de la libertad burguesa que en ningún lado se expresa mejor que en el mito del artista romántico.

¿Quién es el que escribe?

¿Quiénes hablan entonces en el discurso literario? Tenderíamos a contestar que habla un autor, un individuo creativamente libre y por supuesto, especial, diferente. Esta respuesta es herencia de la mitología creada por la burguesía en su período progresivo. El mito del escritor romántico nos persigue y nos muestra a los escritores como genios cuya libertad creadora está fundamentada en la inspiración. Nada más alejado de la realidad. Por un lado, el escritor está sometido a relaciones sociales que le permiten o le impiden dedicarse a la escritura, le imponen temas, problemas y, la mayor parte de las veces, sus soluciones, reales o imaginarias. Su libertad como artista está condicionada a la necesidad. Lo que significa que no es él (o no *sólo* él) el que escribe en sus obras.

Pensemos en los escritores que manifiestan su disconformidad con el mundo mostrando todo lo que sufren porque la inspiración no llega (Bécquer) o porque su trabajo cotidiano los lleva a quitarle tiempo a su escritura (Kafka). Alimentan de esa forma el mito romántico, uno de cuyos componentes esenciales (que no es más que la sublimación de la disciplina y el sometimiento capitalista) es la idea de que para ser artista es necesario sufrir. Dice el tango: "Primero hay que saber sufrir, después amar, después partir y al fin andar sin pensamiento". Si examinamos a Bécquer, sin embargo, veremos que sus limitaciones no brotaban de esa musa mezquina, que aparece y desaparece cuando quiere, sino de una realidad más prosaica. Para Bécquer, la crítica del mundo burgués (tal como hemos observado en Poe) no existe. Es más, su poesía es testimonio de la voluntad de excluirse del mundo. Huye de la realidad objetiva para recluirse en la abstracción metapoética y afirma en sus producciones la independencia ideal del arte y del artista, en el mismo momento en que se convierte en un empleado rastrero del estado burgués español, como censor de novelas de folletín, que por esa época eran el medio de difusión popular de narraciones cuyo pensamiento tendía a ser marcadamente crítico. Las necesidades materiales concretas presionan al poeta para convertirlo en un instrumento del régimen. Al pretender la liberación de su tiempo, para poder escribir, acepta la paga por el trabajo más miserable posible. Justamente, por su falta de implicación política en tanto autor, al creer que la poesía no tiene nada que ver con la política, cuanto más "libre" es su poesía, tanto más manifiesta su capacidad políticamente reaccionaria. Su almibarada poesía es expresión de las limitaciones de su clase.

Más cercano a una experiencia real, sin dejar de aportar lo suyo al mito del genio necesariamente sufriente, es Kafka. Kafka se acerca a una crítica de las relaciones burguesas, completamente sublimadas en el dueño de balcones y golondrinas. Allí radica, precisamente, su grandeza literaria frente a la insipidez del poeta español que no hacía más que preguntarse por la poesía misma. Kafka es un artista del hambre que ve estrellarse su individualismo contra la pared que lo ha convencido de su genialidad. Es consciente de que no sufre por falta de inspiración sino por falta de tiempo. Reconocer eso es reconocer que las necesidades materiales nos condicionan. Sin embargo, al crear un universo sin salida, su literatura expresa no el movimiento, sino el fin de todo movimiento, la muerte y no la vida. Otra vez, pero en forma crítica, desde el borde, la burguesía habla de sí misma.

El mito del escritor romántico consiste en la celebración del individualismo burgués. Este individualismo se funda en una idea de libertad negativa: se es más libre cuanto más solo y aislado se encuentre un individuo. Este concepto de libertad negativa que se basa en la prescindencia de los otros, fue combatido por Marx y toda la tradición marxista. Marx es tributario de una concepción sustantiva de libertad, donde los otros son presupuestos de la libertad del individuo en lugar de límites y obstáculos. Se es libre a partir de la vida social y no contra ella, porque el ser humano no puede vivir sino en sociedad y la vida es previa a la libertad. Sólo en el capitalismo donde cada ser humano se enfrenta a otro como su enemigo, en virtud del mercado y la propiedad privada, puede desarrollarse la idea de una libertad basada en el antagonismo y la lucha. Por el contrario, la libertad del individuo presupone la libertad de la sociedad y el artista que quiera ser libre, en lugar de aislarse, debe asociarse. Por el contrario, el mito del escritor romántico combate esta idea reivindicando permanentemente su individualidad, su libertad, su genio, su propiedad y demandando el derecho a verse libre de todo compromiso con persona, gobierno o partido alguno. El resultado es una literatura que se presenta como atemporal y girando sobre sí misma siendo, por eso mismo, rabiosamente politizada. El escritor se cree individuo y no es más que una clase (aunque no sólo una clase).

Tomemos como ejemplo al escritor argentino universal, el más prestigioso y sobre el que se han escrito bibliotecas completas: Jorge Luis Borges. Sus textos nos hablan siempre de la imposibilidad de conocer la verdad, las realidades son nombres. Nombres que se cambian (y entonces cambia toda la historia, cfr. "Emma Zunz"), nombres a los que se alude (el problema es "dar a conocer un nombre", cfr. "El jardín de senderos que se bifurcan"), enigmas lógicos que se agotan en sí mismos porque no son verdaderos (cfr. "La muerte y la brújula"), bibliotecas y memorias que no tienen fin porque se pierden infinitamente en los caminos de la autorreferencialidad, personajes que nombran pero desconocen quién los nombra (cfr. "Las ruinas circulares"), el sueño de un sueño de otro sueño. La realidad es un nombre, un sueño, inasible. Es lógico que así sea pues esa escritura representa a esa clase que, progresiva en su momento, creyó en la posibilidad de conocer y ahora, en el momento de su decadencia, ha renunciado a esa posibilidad. Por la misma razón, su literatura se condena a la parodia de géneros inventados por su propia clase. Si el género policial clásico es el género por excelencia de la búsqueda de la verdad, la parodia del mismo representa los límites de la representación de la verdad. Borges ha clausurado inclusive nuestro género autóctono: la gauchesca. *Martín Fierro* es la epopeya del gaucho socialmente rebelde y *La vuelta* es la confianza en la nueva sociedad edificada sobre las bases del capitalismo burgués. "El fin" es la clausura de esa sociedad en la que se confiaba. Ya no tenemos espejo en qué mirarnos: Martín Fierro ha muerto. Borges lo mató, pero no puede reemplazar ese mito nacional que ya no existe. Sólo puede decir nombres que no se corresponden con cosas. Su obra es la representación genial de una clase moribunda, que cree que con ella muere, no su mundo, sino el mundo mismo. En su aparente apoliticismo, Borges ha construido una obra profundamente política.

Esta concepción, herencia del romanticismo burgués, de que un artista se constituye como tal si está separado y aislado de las relaciones sociales es irrealizable. No puede afirmarse la individualidad del artista y la libertad de la obra de arte en abstracción de la realidad. Si la libertad es conciencia de la necesidad, el verdadero artista es aquel que toma conciencia de la necesidad de afirmarse como miembro de la sociedad. Su libertad real consiste en reconocer que responde a una organización. Debe entonces, decidir qué programa, qué voluntad social organizada representará en su escritura. Porque todo escritor tiene su partido, consciente o inconscientemente adoptado.

Una literatura del movimiento

La literatura se asocia normalmente al placer y es cierto. Sin embargo, no se dice qué es y de dónde sale el placer y quiénes pueden acceder a él. Así, en todos lados se escuchan voces alarmadas que informan que cada vez se lee menos. La causa suele adjudicarse a las "nuevas tecnologías" mediáticas: el video, la televisión, la radio, el cine... Por supuesto que esto es cierto. Pero sólo para los que tienen el privilegio de disfrutar de esos medios y *además* leer y, muy probablemente, escribir. Por el contrario, escribir y leer se hace cada vez más difícil para las mayorías, condenadas a un creciente analfabetismo funcional. La necesidad obliga a las grandes masas a ocupar tiempos y esfuerzos en las funciones meramente animales de la vida humana: comer, vestirse, dormir... Se los (nos) priva de cualquier momento destinado a lo placentero.

Hay otra dimensión del problema. Y es la que cuestiona la absurda idea de que la literatura es, exclusivamente, placer estético. Una idea que proviene, justamente, de aquellos que detentan para sí la capacidad económica que les brinda todo el tiempo necesario para el placer porque se han apropiado de los bienes materiales y, junto con ellos, de los bienes simbólicos. Al afirmar que la literatura es (o debe ser) sólo fuente de placer estético, se realiza una operación ideológica. Cuando se separa la literatura de la vida, cuando se la considera un pasatiempo, se entiende que no hay allí manifestaciones de experiencias materiales concretas, se la remite exclusivamente a otros textos y otros bienes simbólicos. Así, los textos remiten a otros textos, nunca a la vida. Cuando nos hacen creer que nada de lo real puede ser nombrado, que todo el discurso literario no es más que un extenso diálogo textual, erudito, se quita a la literatura la posibilidad que ha tenido siempre de ser el vehículo de las experiencias y la expresión de los aprendizajes de una clase, en particular, y de lo humano, en general. Lo "estético" anula la posibilidad del conocimiento y el arte se separa de la ciencia. El arte, la literatura, entonces, no sirven para conocer la realidad. Conclusión lógica en una clase que revela en un esteticismo meramente formal sus propias limitaciones, que pretende hacer pasar como si fuera el fin del arte mismo. Si reconociera que el conocimiento del mundo es posible, debería reconocer que es necesario. Y por supuesto que del reconocimiento de la necesidad deviene el movimiento. Nos movemos para conocer y nos movemos una vez que conocemos para cambiar. Cambiamos cuando aprendemos y de ese aprendizaje vendrán los cambios en la realidad. El saber produce placer cuando reconocemos para qué nos sirve en la vida, cuando podemos leer, en nuestras vidas y en nuestras experiencias, de otro modo aquello que nos da la literatura a modo de ejemplo. El placer de la literatura es el placer que produce el conocimiento de la densidad de la vida.

La literatura es siempre una expresión de la vida. La vida es movimiento, de allí que siempre el movimiento es tema central de la literatura: la imposibilidad del movimiento (Kafka), la negación del movimiento (Borges), la crítica de una forma del movimiento (Cervantes, Shakespeare), el aislamiento del movimiento (Rubén Darío), la celebración del movimiento (Byron, Gorki). Todas pueden dar lugar a grandes literaturas. El problema no es si estas posiciones pueden dar lugar a experiencias estéticas soberbias sino cuál es la que corresponde a nuestra condición de clase en el momento actual. En principio, la nuestra, la de la clase obrera piquetera y sus aliados, no puede ser sino una literatura del movimiento: no hay otra literatura. Por lo mismo, nuestra literatura puede ser una celebración, una crítica, pero nunca un aislamiento de o una negación del movimiento. Porque el movimiento, su desarrollo es la afirmación de nuestra vida. Sin embargo, la crítica o la celebración del movimiento *per se* nada dicen. Todo depende del programa: Marinetti y Maiacovsky celebraban el movimiento.

¿Un programa para la literatura? ¿Una literatura programática? Sí, no puede ser de otra manera. Un programa, en su esencia, no es más que la expresión de una voluntad colectiva. Como ya dijimos, no hay entonces, escritor que escriba sin programa. Negar la posibilidad de cambio es un programa. Mirar desde los balcones, negándose a participar en la lucha es un programa. En ambos casos, se trata de un programa conservador. En la sociedad actual, no puede ser sino un programa burgués. De modo que si todos tienen programa, no hay ninguna razón para mantenerlo oculto. Si todo programa es más eficiente cuanto más consciente, con más razón es necesario plantear conscientemente nuestro programa que no puede ser otro que el de la expresión más avanzada de la conciencia obrera en la Argentina, el de la Asamblea Nacional de Trabajadores Ocupados y Desocupados. ¿Por qué ese programa? Porque es el que expresa el retorno al movimiento político de la clase obrera: la independencia de toda dirección burguesa y una salida al pantano de la crisis del capital.

Una literatura piquetera es necesariamente una crítica de la negación, de la ausencia del movimiento. Esa crítica revela también la existencia del movimiento falso, la forma más perversa de la literatura conservadora: hay movimiento aparente que concluye en la afirmación del *statu quo.* Es también la afirmación de la posibilidad y la celebración del movimiento. ¿Ejemplos? *Sin novedad en el frente*, *La madre*, Brecht, Miguel Hernández, Lorca, *La balada del álamo carolina*, Walsh, Tuñón. Hay muchísimos más y probablemente no todo lo que en esta lista se enumera encaja bien en la descripción. El problema no es si creamos una genealogía respetable sino si producimos hoy algo que le corresponda.

La literatura siempre fue un fenómeno en el cual se manifiesta simbólicamente un estado de la lucha de clases, porque sirve como herramienta de cambio o de inmovilidad. Estamos asistiendo a un momento de la lucha en el cual se abre paso la conciencia creciente de la necesidad del cambio, un cambio que exige y también requiere su propia literatura. Un desafío complejo, sin duda. Un desafío a la altura de los tiempos: producir una literatura que ayude a parir el futuro. Eso es una literatura piquetera. Quede claro, entonces, que quien busque en ella sólo palos y gomas quemadas, no ha entendido nada.

Un buen comienzo

Prólogo a la segunda edición

Cuando mis compañeros me dijeron que se haría una segunda edición del libro, pues la primera ya se había agotado, pensé en hacer un balance de la experiencia que la publicación me había brindado. Rescaté tanto las discusiones como los elogios. Escuché atentamente las críticas y los cuestionamientos y enfrenté también, alguna polémica por ello.

Algunos lectores se negaron a creer que la literatura fuera una representación mediada de la sociedad de clases en la que se produce y que por lo tanto, bien podría ser una herramienta de lucha y conocimiento de esa sociedad. Otros, acordaron con el prólogo y leyeron los cuentos como ejemplo (más o menos feliz, más o menos "forzado") del programa político en el cual se insertan. No faltó quien dijera que el programa mismo está en los textos, lo cual hacía innecesaria, redundante casi, la presencia del prólogo. En general, las críticas al libro por la vía del prólogo fueron de mal disimulada discusión política. Que si el arte no debe tener programa, que si la escritora es una pequeño burguesa oportunista que escuchó tantas veces la palabra *piquetero* en la televisión que pensó en incluirla como gancho... Ya hemos contestado todas estas acusaciones: un docente es un obrero, materialmente hablando. Pero así como está claro que un obrero bien puede tener un programa pequeño burgués, nada impide que la pequeña burguesía tenga un programa piquetero. Y si la procedencia pequeñoburguesa se exhibe en los relatos como contradicción, como ideología, la intención es mostrar cómo se va desarrollando la conciencia de clase en lucha (aún en alguien que procede de la pequeña burguesía).

También estuvieron los que, menos doctos o politizados, fueron directamente a los cuentos o los que los leyeron salteados y armaron su propia historia, como si fueran lectores de *Rayuela*. Lejos está de tener este texto ese tipo de estructura. Por el contrario, lo más discutido y trabajado de toda la obra fue, justamente, el orden en que aparecería cada uno de los cuentos. La intención es mostrar un proceso como producto de experiencias no de un individuo cualquiera, sino de un individuo mujer. La protagonista de la mayor parte de los textos es un individuo social que, como tantos y tantas otras de la Argentina de entonces, llegó a Diciembre de 2001 convencida de que la única forma de lucha efectiva era (y es) el programa destinado a ser el arma de la clase obrera, el de la Asamblea Nacional de Trabajadores Ocupados y Desocupados. Programa que sigue en pie, aunque hoy parezca que "aquí no ha pasado nada".

Para mis oídos, las mejores voces de lectura han sido aquellas que señalaron, contra toda discusión política o más allá de ella, que los cuentos les hablaron a ellos mismos, a sus recorridos en la vida, a sufrimientos y a dolores que merecen y pueden ser cambiados. Les hablaron no en términos de identificación, sino que pudieron reconocer en ellos personajes vivos, creíbles, con carnadura, con sus dudas, sus avances y sus retrocesos.

Tal como decía en el prólogo a la primera edición, escribir es un trabajo y por lo tanto, el mejoramiento de la técnica, el estilo, el género es parte de ese trabajo. Y de eso queda mucho por delante, pero nada podrá quitarme la alegría y el orgullo de saber que allí hay voces que viven porque están vivas en las lectoras y los lectores a quienes les hablan de sus experiencias y los animan a enfrentar nuevas luchas: "no soy la única a la que le pasan estas cosas", "lo que me pasa no es culpa mía". Tenemos que organizarnos para luchar contra la opresión y la explotación. Y si un cuento le ha hablado a alguien de esa posibilidad, entonces, dicho sin ningún asomo de soberbia, no es un mal comienzo.

Cuatro más una menos uno

Setiembre 1965

Los sonidos llegaban difusos hasta la cuna. Entraba y salía gente de la casa. La felicidad se respiraba en cada uno de los que pasaban por allí; siempre es igual. Nada hay como un nacimiento para que todo adquiera nuevos significados, para que nuevas verdades sean descubiertas. Después de eso suceden tantas cosas, tanta distancia, tanto olvido. El padre no alcanzaba a reponerse: el varón esperado había sido niña, pero tenía sus ojos, su mirada. Era una sensación tan fuerte que no hacía más que amar a esas dos mujeres; una vida nueva, empezada después del desarraigo y el océano. La mujer, agotada, iba y venía, escrutaba con fascinación la cuna.

-Che, no la alcés que después se malcría.

-No sé, no estoy segura; tal vez quiera la mamadera.

La casa que era grande parecía poblarse por primera vez. La cuna estaba en la habitación de los padres que ya habían dispuesto una pieza para la recién venida, allí tendría sus cosas cuando creciera: dos camas gemelas, una mesita de luz y un ropero. Ya habría tiempo para vestir las paredes pintadas recientemente.

-¿Puede alguien apagar la radio?- levantó la voz el padre.

-No se va a despertar. Igual dicen que es mejor que se acostumbre a dormir escuchando ruidos, sinó después tenés que andar todo el día en puntas de pie.

-Justamente, eso es lo que estamos escuchando: ruidos. ¡Por favor! Esos cuatro flequilludos están volviendo locos a todos. Eso ni siquiera es música. ¡Puro negocio! Si yo me pusiera a golpear unas latas, sonaría mejor; pero, claro, hasta ahora no soy inglés ni lo quiero ser.

-¡Ay, no...! Mejor ponéle "Luisa Fernanda", así cuando llora afina como soprano.

La música siguió. El sueño comenzaba y en ese momento los envolvía una misma armonía.

Octubre 1975

-Mami, ¿puedo poner el combinado?

-¿Terminaste la tarea?

-Sííí, ya está todo. ¿Puedo?

-Está bien. Pero un rato nomás. Enseguida vamos a comer.

-¿Ya llega papá?

-No, si este mes tiene que estar allá hasta las cuatro. Nosotras comemos y nos vamos a la cama. ¡Mirá que te voy a tomar las tablas antes de dormir!

-Ta bien, ma.

Ella estaba tranquila, había escondido bien el papel donde la madre le había pedido que anotara las tablas de multiplicar para tomárselas salteadas, sin olvidarse de ningún número y, lo que era más importante, sin repetir ninguno, porque lo primero que decía la pequeña era "Ocho por nueve ya me lo preguntaste, ma". Quizá su hija no recordara cuánto era ocho por nueve, pero también era probable que ya lo hubiera preguntado y ante la duda... pasemos a otro número. Esa noche no le iba a tomar las tablas, el papelito no estaba.

La pequeña buscaba ese disco que había traído un primo suyo hacía bastante tiempo. El muchacho no vivía en la ciudad y sólo viajaba esporádicamente; nunca pudieron recordar si había sido un regalo o lo había dejado olvidado. La madre sólo sabía que sonaba en el Ranser todas las tardes después de la tarea.

Nadie la había visto nunca, se cuidaba mucho de que la vieran. Sobre el piso encerado de mosaicos y al lado del combinado iniciaba el ritual. Inclinaba su cabeza con trenzas y flequillo para ver la lucecita roja encendida, la púa que bajaba y el giro incesante del chiquitito oscuro con su centro herido por un orificio que se extendía en un papel sanguíneo lleno de letras impresas.

Su pollera corta, tan corta como nunca más la usó después, con tablas escocesas se sacudía. Cualquiera se preguntaría dónde había visto semejante desposesión de sí. En ningún lado. Se dicen tantas cosas: que los bebés que se alzan se malcrían, que la música amansa las fieras, que los recién nacidos deben compartir un mundo de sonidos y no de silencios, pero no se dice que la pasión no necesita de mucho para brotar como una flor rarísima y con un sólo toque mágico, ni que ese toque no amansa, sino que conmueve, desata, estalla.

La lucha con las tablas se repetía de lunes a viernes; el sábado era el día distinto, ella lo esperaba con ansiedad porque apenas despuntaba un claro de mañana de domingo, su padre llegaba de trabajar y le permitían levantarse temprano para estar con él. Esa noche ella soñaba con príncipes entre los que elegía al más noble, al que llegaba envuelto en un brillo celestial, al señalado entre todos por una gracia particular, un don especial que sería para ella sola. En cuanto se levantaba empezaba esa fiesta que no se repetía muy a menudo -las madres aseguran que ésa es exactamente la razón de la fiesta-: estaba por fin con su padre. Él traía figuritas y la celebración era completa, pues al amor que no crecía ni decrecía entre ambos, se manifestaba en esos sobrecitos abiertos con cuidado de los que caía un suave polvillo de estrellas cuando se los daba vuelta.

-¿Te faltan muchas?- le preguntaban los dos.

-Setenta y dos.- Contadora implacable, interesada en llenar el álbum, pero sobre todo en que esas mañanas de sábado en los que los tres se pegoteaban los dedos y se gastaban las uñas abriendo paquetitos no terminaran. Y ya se sabe que un álbum no se completa nunca.

Diciembre 1977

Según las madres del barrio y de la escuela, en la casa de Silvina eran muy liberales; según las chicas, allí era uno de los pocos lugares donde podían hablar tranquilas e incluso compartir con la mamá de su amiga las inquietudes y las novedades.

-Margarita, me parece que el Colorado gusta de Susi, ¿vos sabés algo?

-No... Pero, chicas, ¿no será que a Susi le gusta el Colorado?

Los gritos de aprobación y reprobación rodearon a la Susi en cuestión. Ella, que aprendía bastante, también se unió al grupo alrededor de la enamorada sospechosa.

Un poco después acomodaron sobre una mesita baja los sandwiches, la leche, las galletitas. Era la merienda compartida el día anterior al cumpleaños de Silvina.

-Mi mamá dice que todavía soy chica para usar corpiño.- Vero masticaba con fruición una galleta de chocolate.

-La mía también.

-¿Sabían que Sil ya usa? A la madre no le parece nada mal.

-Son unas pavas. Yo un día voy y me compro uno.

-¿Tas loca, vos? ¿No te da vergüenza? Yo me pongo de todos colores con sólo pensar que tengo que entrar a la tienda y pedirle uno a la vieja ésa, cara de vinagre. Le veo la cara y me imagino la que va a poner mi mamá cuando la Cachavacha se lo cuente. Seguro que es lo primero que va a hacer. Si vende un calzón cada tres días y lo único que hace es chusmear con todas las brujas del barrio cuando salen a barrer la vereda o van a hacer las compras.

Cada una de ellas no pegó un ojo en toda esa madrugada de sábado. Si era verdad que había invitado a los chicos, tendrían que prepararse.

Acostado en una esquina de una mesa de fórmica, en un rincón del patio, el Winco y al lado, una pila de discos L.P. grandes y frágiles; unos, vestidos y otros, refrescándose impúdicos, independientes al fin del recalentado tocadiscos que ya estaba sonando desde temprano.

Ella se acercó, pero el ritual no era el mismo. Esta vez la vería todo el mundo aunque ya no llevara minifalda sino pantalones vaqueros y su cabeza no usara trenzas sino el mismo pelo largo, largo y suelto. La cartulina cuadrada con fondo blanco le llamó la atención, la levantó y paseó su mirada con placer, detenidamente en los detalles. Los cuatro muchachos vestidos de negro, con las piernas y los brazos abiertos o cerrados (según la foto los hubiera eternizado) fueron imágenes que no olvidaría con facilidad.

Empezaba a oscurecer y la música que sonaba era otra. Llegaron los varones y todos llenaron el patio y el pasillo que llevaba a la calle con risas y gritos. Su mano se paseaba por ese vestido blanco que tenía en la mano como la de un ciego que, ávido por leer, la pasara por sobre el texto más apetecido transcripto en Braille. Esos jóvenes y la seductora maravilla de un talento que quería absorberse por las palmas de las manos, pero también por los ojos. Hasta que alguien, tal vez Margarita, con la intención de que los chicos se animaran a empezar el baile, sacó un disco de la pila y lo ubicó bajo otros dos en el tocadiscos. Iba a ser el primero. Ella alcanzó a ver las mismas diez letras distribuidas en dos palabras y celebró poder recuperar el oído. Interminablemente, el brazo del aparato se movió hacia afuera, se acomodó y se extendió sobre la placa de goma donde ya estaba girando el ídolo negro y lustroso. Las letras ya no fueron legibles y el brazo cayó agudo sobre el surco. Tres vueltas, cuatro, cuántas.

-¿Bailás?- alguien le tocó el hombro y la música estremeció la tarde. Los acordes temblaron epifánicos.

Noviembre 1979

Las reuniones con motivo de los cumpleaños se habían vuelto frecuentes. Muchas veces, aunque la homenajeada fuera otra, elegían celebrar en la casa de Silvina porque era la única forma que tenían de seguir organizando el baile. Los chicos eran conocidos de la familia y se sabían invitados a cada fiesta. Ahí seguía el venerable Winco y el altar de la música. Probablemente, éste fuera el oculto secreto que los llevaba allí una y otra vez; casi todos habrán olvidado esta razón con el tiempo.

El jean más ajustado, casi tanto como la remera, pero el pelo siempre igual, siempre de cielo de mañana soleada, claro y extenso.

-Sil, hacéle gancho con tu primo, ¿no ves que no quiere decir nada porque es tímida y se pone colorada?

-Basta, che, termínenla. Me gusta y punto. Por eso me pongo colorada. Me muero si se entera.

- Ufa, siempre igual ésta. El problema no es que se entere él, el problema es que se entere tu mamá. ¿Qué te va a decir? ¿Eh?

No sabía, todo estaba tan oscuro, tan poca música de palabras de esa clase oía en su casa que, como los melenudos pichicateros, todo parecía estar prohibido.

-Pero, pa... A mí me gusta esa música, lo que hagan con sus pelos o con sus vidas a mí no me importa nada.

-No, dejáme. ¡Qué ejemplo para la juventud! ¿Por qué te pensas que los recibieron así en Estados Unidos? Porque son peores que ellos; que se haga pero que no se enteren los giles. Ahora joden separados, todavía... ¡Pero estos tipos son el ave fénix, che! ¡Qué capacidad para pudrirle el coco a los pibes!

Por esa época, cada cumpleaños se convertía en una nueva ceremonia. Y comenzó la infidelidad: ya bailaba todo el tiempo, cantaran ellos u otros. Sin embargo, ellos se hacían escuchar. Y el eco de esos momentos permanecería en ella para siempre.

-¿Verdad o consecuencia?

-Verdad.- Temblaba cuando imaginaba que si daba otra respuesta debía besar a un chico.

-¿Es verdad que te gusta Marcelo?

No eran amigas éstas que la ponían entre la espada y la pared. Cuestión de honor, decir la verdad.

Varios días más tarde tuvo que enfrentar a la madre:

-¡Qué novio ni novio! Esa Silvina va a terminar mal, te lo digo. Si yo me entero de algo raro, no vas más a la casa y listo. ¡Si son unas criaturas! ¿De dónde salieron esos pibes que van a las fiestas de cumpleaños?

-No, ma. No pasa nada. Fueron algunos familiares. ¿Qué querés? ¿Que se peleen con toda la familia para dejarte tranquila a vos?

Mientras le quedaran esa música y ese aprendizaje, nada podía hacerla desdichada. Otro sábado levantó el paquete envuelto y con un moñito un poco estrujado que trató de revivir acomodándolo con las uñas.

-Hasta luego, ma. Se termina a las diez. ¿Pasás a buscarme?

Entró por el pasillo temblando; la puerta del departamento ya estaba abierta y las chicas la recibieron con entusiastas vivas.

-Pensamos que no te iban a dejar venir.

-No, le jurás que los varones van a estar lejos como perro sarnoso y se queda tranquila.

-Por ahí es verdad. Deben ser peligrosos, pero son tan divertidos.

Esta vez no quiso ser infiel desde el principio y tampoco quiso que ningún otro lo fuera. Así, puso ella misma la música. Nadie podía quitarle ese placer de ser la encargada de convocar a los dioses, pitonisa de un oráculo que los acompañaría (tan profundamente que muchos fingirían no recordarlo), bajo la vigilancia de los adultos, a sentir la mano en el hombro, en la cintura, la otra música de la voz en el oído. No debían temer, el mundo no descansaba sobre sus hombros y seguiría, implacable, mirando, como los adultos, sus travesuras de niños inseguros. Todo el mundo eran ellos y giraba con esa melodía bañada místicamente por el sábado que se hacía noche.

Diciembre 1980

Desde hacía seis meses estaban invitados a cumpleaños de quince casi todos los sábados. Por supuesto que les gustaba, pero ya no era lo mismo. En los salones, el DJ siempre tenía a mano las últimas canciones exitosas y bailaban hasta que ellas no soportaban estar paradas un minuto más y ellos no encontraban la corbata que el padre o el hermano mayor les había prestado para la ocasión, por más que revolvieran en todos los bolsillos.

El Ranser ya no funcionaba, por eso en cuanto pudo le pidió a su primo que se lo grabara en un casete. El grabador se había instalado ahora en la casa y la única forma de tenerlos con ella era ésa, aun cuando el traslado le seguía pareciendo un sacrilegio. No perdonaba en los demás el olvido constante, pero seguía aprendiendo. Ahora, los sábados usaba unos vestidos largos bastantes complicados (o volados interminables y kilómetros de tela o tajos que la hacían caminar como una sardina) y se maquillaba para resignarse a encontrar esta vez a un único hombre que aunque no cantara en su oído la música aprendida, maduro y serio, la hiciera sentir importante. Los amores pasados habían sido fundamentales en su vida, ¿qué tenía que hacer ella ahora para alcanzar un amor así de incondicional, pero recíproco?

Ésta era la última fiesta antes de que comenzaran las vacaciones; después... a esperar hasta marzo cuando todos los amigos estuvieran de regreso en sus casas, preparados para comenzar de nuevo; así, era una especie de despedida durante tres meses. Además, Silvina era la "jefa del grupo", como decían ellas, por eso esta vez faltaban todavía varios días y el entusiasmo ya comenzaba a crecer.

-El sábado cumple Sil. El salón es del barrio, pero es tan lindo.

-¿Qué te vas a poner?

-Ése que me va a prestar mi prima.

-¿Cuál? ¿El de los voladitos?

-No, salame. El que tiene strass en los breteles.

-¡Uau! ¡Qué bueno! Le voy a pedir a mi mamá que me haga uno parecido, no igual, parecido.

La prima le alcanzó el vestido, recién traído de la tintorería, y ella lo colgó en el ropero y preparó los zapatos negros. Esa mañana de vacaciones buscó el diario que estaba encima de la heladera y leyó. Era verdad, ya nada volvería a ser como antes. Nunca más. No lloró y casi no pudo hablar. Una esperanza pequeña, escondida, pero fuerte, moría con la lectura.

-¿Hola? ¿Silvina?

-¡Sí! ¿Cómo andás? Estoy enloquecida porque vengo de la modista. Fui a probarme el vestido. El sábado vení un poco más temprano así ves cómo me queda antes que nadie. ¡Es precioso!

-No, disculpáme pero no voy a ir. No puedo ir.

-Che, ¡qué voz que tenés! ¿Se te murió el canario?

La línea dejó un silencio de sepulcro del otro lado y un único tono indicando que nadie iba a contestar.

El péndulo

Elisa era una niña aún ese verano en que sucedió todo. Tenía por esa época del año para sí las tardes largas y el jardín donde la abuela cultivaba con adoración las flores más bellas y comunes junto con las más exquisitas y desconocidas que las vecinas admiraban en su recorrida casi obligada toda vez que iban de visita. A decir verdad, la mayor parte del tiempo las ancianas transcurrían blandamente entre conversaciones y mate en la cocina de la casa, pero la visita al jardín era el momento en que la abuela mostraba con orgullo su trabajo y siempre las mujeres apreciaban los tulipanes más que la temporada pasada o las rosas chinas perfumaban más que la vez anterior.

Cuando el sol comenzaba a bajar tiñendo las nubes de un rosa furioso y anunciando el calor que vendría ya desde la mañana siguiente, el jardín era un bosque para Elisa. Construía una historia que la convertía en protagonista de un cuento maravilloso, pero nunca era una princesa. Era un caballero que, ávido de aventuras, transformaba la escoba o el escobillón de su abuela en el más ágil caballo que haya tenido nunca héroe alguno. Ligera en sus ropas y hábil en sus movimientos, encontraba dragones que eran vencidos con presteza, detrás de cualquier arbusto florecido. Allí hubo una vez un sapo (ella lo creyó encantado compañero de correrías y su abuela, engendro satánico digno de la mejor hoguera) que pereció víctima de la furia de la anciana una mañana en que lo encontró descansando entre una mata de lilas. Por la noche contó el episodio a su nieta como una hazaña épica ante el estupor y la incomprensión de la muchacha que sentía perder a su compañero. Todas las tardes corría hasta que el cansancio la hacía trastabillar y su propia risa acababa por restarle el poco aire que aún le quedaba; entonces, caía sobre el pasto y, con placer, tendía sus piernas, sus brazos sintiendo la frescura de la tierra en su cuerpo y mirando fijamente cómo los últimos rayos del sol iban desapareciendo.

Cuando no había vacaciones, la abuela era muy rigurosa con el estudio de la muchachita, por eso sólo veía a través de la ventana del comedor durante nueve largos meses la gestación del jardín. La casa la agobiaba; esa inmensidad cerrada, antigua, con muebles heredados era insoportablemente tediosa comparada con la promesa detrás de la ventana. Elisa nunca supo porqué no tenía una familia como las demás chicas del colegio; no conocía a sus padres ni aún sabía de su existencia, cada vez que intentaba una pregunta, sólo recibía como respuesta un "Ya sabrás cuando crezcas". Tampoco solía compartir juegos fuera del ámbito escolar con sus amigas, no iban a su casa, tal vez porque la consideraran aburrida y su abuela no la dejaba salir sola.

Ese verano descubrió para ella el interés por otra ventana, la que daba a la calle. Se sentaba, después de la merienda, con algún libro que siempre le mostraba mundos distintos, algunos recreados a su vez en su bosque de maravillas. Suspendía la lectura para ver pasar grupos de muchachos y chicas que se entendían a los gritos. Ellos corrían y algunos se golpeaban como jugando, mientras ellas reían con todas sus fuerzas y las alegrías de su edad. A veces, entrevió a alguna parejita que iba tras el grupo tomada de la mano y, para su sorpresa, un beso real tan parecido a ésos de las historias leídas o de las telenovelas que veía su abuela. Ésos capaces de transformar un sapo en un príncipe o a la más remota de las cenicientas en la heroína triunfante; ésos que modifican un mundo completo. Cerraba entonces pesadamente el libro y los ojos cuando ya habían pasado e imaginaba sus próximos juegos en el jardín apenas empezara a ponerse el sol.

Preguntó a su abuela si podía salir a la calle por la tarde, la negativa surgió disfrazada de contundente afirmación: si ella tenía todo ese jardín y esa casa enorme para disfrutar, no como esos chicos que viven en un departamento, ¿qué necesidad tenía de salir a la calle? Su familia, pero más profundamente, la necesidad de su madre y la negación de la calle serían cuestiones que nunca le serían reveladas definitivamente. Como los tenues hilos de las arañas entre las flores que a ella se le antojaban murallas que podía derribar con su mano aventurera, pero respetaba, rodeando delicadamente el arte de la tejedora con fervor casi religioso, así resultaron cuidados los datos breves, frágiles que obtendría de su pasado, de su historia, de su diferencia.

Una tarde en que se disponía a leer sentada en el lugar de siempre, escuchó muy claramente un tic-tac desconocido. Pegada su espalda contra el sillón se preguntó porqué nunca lo había oído antes mientras deseaba con todas sus fuerzas que pasara el grupo de todas las tardes para que sus voces apagaran sus dudas. Sólo al día siguiente cuando el episodio se repitió, pensó que desconocía tanto de sí misma, que no se permitiría ninguna especie de ignorancia más a partir de ese momento. Se levantó despacio y como si estuviera ciega, se dejó guiar por el tic-tac. Era claramente un reloj de péndulo: ¿dónde estaba? ¿por qué no lo había visto nunca? Tejiendo delicadamente un laberinto que la llevaba a una y otra habitación se detuvo ante la puerta de su cuarto. Entró y se acercó al mueble al lado de su cama. Hipnotizada por el sonido descubrió que provenía del jarrón de cristal tallado donde ella había colocado hacía pocos días unos jazmines robados a su abuela. El reflejo del sol en el cristal la cegó por un momento y los jazmines parecieron coloreados por las luces de un arco iris recién estrenado. El sonido se evaporó tan pronto como ella hubo tocado los colores de las flores; desesperada en su ansia y segura de que allí estaba el origen del misterio, sacrificó el arreglo, desparramó las flores, mojó el piso, respiró profundamente el aroma que en el agua había quedado mientras aumentaba su desazón. Nada... Nada... Nadie... Se sentía nadie... Le habían quitado todo.

Volvió a su lugar en el sillón tras la ventana luego de robar por segunda vez a su abuela, porque había decidido que los jazmines eran suyos, que era suya esa nueva luz que entraba en su cuarto.

Al día siguiente, cuando el tic-tac la volvió a llamar, se paró frente al altar de flores y se preguntó, se preguntó hasta que le dolieron los párpados cerrados apretadamente. La abuela, parada en el quicio de la puerta, dijo:

-Siempre temí que esto iba a pasar alguna vez. Ella también cortaba los jazmines. Éste era su dormitorio... Tuve la esperanza de que una sola diferencia pudiera demostrar que nada se repetiría: el reloj de péndulo.

La anciana no había alcanzado a descubrir que la magia del sonido ausente durante tanto tiempo había estado de vuelta, sin embargo, la mirada de su nieta fue suficiente. Esa misma tarde Elisa acomodó en un bolso sus libros, apenas algo de ropa y el jarrón de cristal, todo lo que tenía, y se fue sin despedirse del jardín.

Rojo en la oscuridad

En el profundo silencio de la mañana, rasgado apenas por las lapiceras que fluían dóciles sobre los cuadernos, los pasos resonaron resueltos en el pasillo y la puerta del aula se abrió violentamente. La hermana Trinidad, acalorada bajo la cofia, aunque más bien roja de ira, se recortó nítida bajo el dintel. Con movimiento mecánico, las chicas se pusieron de pie. Inclusive la maestra, estratégicamente ubicada bajo el sol de la ventana, con la pila de hojas que estaba corrigiendo sobre el escritorio, abandonó su plácida tarea y se levantó azorada ante semejante aparición. "Hermana...", alcanzó a murmurar apenas ocultando el asombro que le producía ver el rostro pasmado de indignación de la monja.

-Señorita María Rosa, disculpe la interrupción. Lamento tener que pedirle que me deje unos momentos para conversar a solas con las alumnas. El asunto es serio y urgente, tanto que con la madre superiora decidimos resolverlo de inmediato.

La seño se retiró respetuosamente y Trinidad, implacable como su seudónimo, adoptado hacía tanto tiempo que ya había alcanzado a borrar su verdadera identidad, tronó en representación de la voz del Padre, del Hijo y del Espíritu Santo. Era la directora del sector de primaria de la escuela parroquial del barrio desde antes del tiempo infinito en que las chicas de sexto iban todavía al jardín de infantes. Nunca la habían visto en semejante estado.

-Señoritas, pueden tomar asiento.

El rumor de los bancos volviendo a su lugar. Magda acomodó las tres tablas del uniforme prolijamente antes de sentarse y se dio vuelta no sin cierta preocupación. Diana le mostró su sonrisa más espléndida mientras intentaba disimular que su cabello había estado desmayado y libre sobre su espalda, sus hombros y su cintura apenas unos segundos antes. Sus dedos atejieron veloces una trenza. La delgada culebra amarilla cayó obediente ante el movimiento ligero de la cabeza. Se escuchó una risita ahogada de nervios en el fondo del aula. Ninguna otra chica se movió. Luz, sentada en la primera hilera de bancos, veía la imagen petrificada de la hermana inmediatamente pegada a sus ojos. Sintió una irresistible tentación de carcajada cuando la imaginó mujer debajo de ese hábito de otra cosa, ahogada, pugnando por salir de él en todo su exceso de carne.

La gruta de la Virgen estaba en un extremo del patio, al lado de la escalera que iba hacia la capilla donde se celebraba misa los primeros viernes de cada mes. El lugar era acogedoramente oscuro, la luz del sol no penetraba allí en ningún momento del día. Era una construcción de piedra gris que impresionaba por su presencia firme y de apariencia fría. Había allí dentro un reclinatorio y el espacio libre que quedaba era escaso. Levantada como a un metro del piso, una Virgen de manto celeste y blanco con la cabeza coronada por rayos estáticos. Su expresión bellísima, su sonrisa de enigma habían convocado a las chicas por primera vez. Esa mujer misteriosa debía ser algo mucho más que lo que se decía de ella, algo muy distinto, debía ser otra cosa, diferente a las mentiras que de ella se contaban, como cualquier otra mujer. Nunca olvidarían esos primeros recreos que pasaron intentando descubrir en esa mirada el secreto que guardara durante siglos.

No bien sonaba el timbre, cruzaban corriendo el patio con los alfajores o galletitas en los bolsillos del blazer. Compartirían confiadas los dulces, hasta el día en que empezaron a compartir tímidas, las primeras confesiones culpables. Magda habló del primo que había jugado con ella como si fuera una muñeca, de sus manos ardientes en los muslos. Con vergüenza primero, con desenfado a medida que los días pasaban, acumulaban su sabiduría del cuerpo y la transmitían. Luz trajo unas fotos y dijo que las había encontrado en el cajón del escritorio del padre; al principio las miraron casi con estupor hasta que se reconocieron en esas imágenes, alguna vez serían como ellas y harían esas mismas cosas o serían como la imagen enigmática e hipócrita que presidía sus reuniones.

O elegirían ser otra cosa...

La cercanía del fin de las clases trajo un verano anticipado que obligó a aligerar el uniforme. Desembarazadas de la armadura invernal, en el frescor y la oscuridad de la gruta, descubrieron que la oscuridad más tenebrosa la llevaban consigo. Las fotos les mostraron cómo ellas estarían destinadas para otros y por eso les resultaban profundamente desagradables. Diana, sin embargo, propuso ver en qué se parecían y en qué no a esas mujeres. Se visitaron, se exploraron, vivieron la experiencia de verse como nunca les habían mostrado: eran íntegras, iguales entre sí y a la vez diferentes. El placer de una no era el de las otras. Se aprendieron, se aprehendieron, se olvidaron, se perdieron, se encontraron. Las unía la hermandad del descubrimiento. Ninguna de ellas había atravesado aún la marca de la madre, pero intuían que el conocimiento de sí tendría un límite: la Madre las miraba con el rostro iluminado por su sonrisa beatífica.

Cierta mañana, después de una clase de dibujo, Magda guardó algunos restos de crayones en el bolsillo de su pantalón de educación física. Era el único día que llevaban pantalones... Mostró el trofeo a sus compañeras y decidieron dejarlos en un rincón, debajo del reclinatorio porque hasta el mismo día de la semana siguiente les serían negados los bolsillos y la maestra de dibujo, que guardaba todos los materiales en una caja antes de retirarse del aula, no pasaría por alto una mano sospechosa que encerrara los últimos elementos de trabajo pagados por los padres al comienzo del año. Después de todo, faltaba tan poco para que terminaran las clases y ningún maestro estaría dispuesto a pedir más dinero a esa altura, los padres se indignarían: "¿Qué se había hecho de la modestia, la austeridad, el ahorro? ¿Qué clase de maestra permite que sus alumnas despilfarren de esa manera?"

Una nueva revelación les llegó a la mañana siguiente. Una de las exploraciones les mostró resultados inesperados. La mano manchada de Luz apareció ante el asombro de sus compañeras. Diana dejó caer lágrimas lentas, cargadas de preguntas. Se abrazaron muy fuerte, sin palabras, sin ninguna respuesta. Ese día, una mujer de apariencia impasible, una mujer que fue construida para los otros (lo mismo que las muchachas de las fotos) las extrañó: no volvieron a la gruta en los recreos siguientes.

Cuando supieron que a todas les pasaría lo mismo, decidieron que debían hacer saber a las demás lo que habían aprendido. No dejarían que su experiencia se diluyera en llanto ni en sangre. Se conocían y no se resignarían a abandonar ese conocimiento para parecerse a las imágenes. Recordaron los crayones escondidos y volvieron al lugar de su secreta victoria. En la ceremonia del arte, marcaron las piedras de la gruta gris con los colores más obscenos. Se representaron Evas desnudas, puras de culpa y pudor, así como eran, así como querían que las dejaran ser. Exaltadas de orgullo, invirtieron varios recreos en la perfección de su obra.

La noticia del arte de la caverna corrió como un viento reparador entre las chicas del colegio. "Las de sexto", "¿Todas?", "No. Magda, Luz, Diana.". Para las demás eran la sabia voz que empezó a circular, primero secretamente. Después, en raptos de admiración, peregrinaban allí en pequeños grupos silenciosos. La hermana Trinidad, desde su despacho de la dirección, no podía sospechar lo inevitable. Ese día preguntó, gritó, invocó a todos los santos del cielo en un esfuerzo patético y rogó por un castigo ejemplar y divino para las pecadoras. Pidió confesiones y las obtuvo porque ninguna de las tres estaba dispuesta a negarse. Paradas frente a sus compañeras recibieron la noticia de su expulsión que se justificaría ante los padres con el ambiguo argumento de la indisciplina, la falta de respeto a la maestra. El círculo del silencio empezaba a cerrarse. Las demás deberían callar, arrepentirse, rezar y olvidar. La hermana Trinidad se asomó a la puerta del aula para llamar a la señorita María Rosa:

-Estas tres alumnas irán conmigo a Dirección. Deberé comunicarles a sus padres que por una falta de respeto grave a una docente serán expulsadas. Las demás están castigadas y el resto de la mañana permanecerán con Ud. en el aula rezando. Aquellas que no se confiesen tendrán prohibida la comunión en la misa del viernes. Ocúpese de que esto se cumpla. Buenos días.

Todas de pie despidieron la salida de la monja y saludaron las tablas arrugadas y rebeldes del uniforme de Magda, la sonrisa blanca y perfecta de Luz y la culebra muerta del pelo liberado de Diana.

La anunciación

A Silvina por la maravillosa
inspiración de sus relatos

Alejandra acomodó todo su peso y también aquel que le venía siendo prestado y creciente desde hacía unos meses sobre su cama. Se dejó caer blanda en el recuerdo extrañamente gris de su temprana juventud cuando el hombre la había buscado con insistencia de animal domesticado que hubiera perdido al amo. Por esa época, sus amigas fueron usando vestidos con tules de ángeles blancos y rizaban sus cabellos, rubios a fuerza de artificios. Así llenaban sus vidas de criaturas que reclamaban siempre algo que las alejara de la insatisfacción, mientras ellas empezaban a mostrarse, en algún momento, peligrosamente parecidas a sus hijos. Se convertían ellas mismas en niñas, responsabilizaban a los otros por la infelicidad instalada tan rápidamente y desde tiempo remotísimo en sus mañanas de limpieza y cocina, sus tardes de mercado o conversación intrascendente, sus noches de hastío. Parecían estar rodeadas por esos árboles que crecen desmesuradamente y obligan a estar en sombras y cuyas raíces horadan y destruyen las veredas. Con el tiempo llegaban los divorcios o la resignación. Volver de esas muertes les costaban eternidades de culpa, infiernos de ayudas que no siempre querían pedir. Alejandra percibió ahora un pequeño purgatorio de sufrimiento que la acercaba en algo a las experiencias de las demás. Sintió en su espalda apoyada contra los almohadones un calor inusitado quizás para esa época del año y se acomodó con la cara vuelta hacia la ventana por ver si un poco del aire de su jardín la aliviaba.

Tuvo la visión de sí misma vestida de blanco, pero tenía diez años y estaba junto con sus amigas, algunas de las cuales ya empezaban a ser muñecas rubias. Ella, nunca como ellas; ella, morena, oscura, aparentemente indiferente como un negativo elegido delicadamente entre todas las que la rodeaban. Estaban en una iglesia y la aterraba la expresión hierática y sufriente de la virgen frente a ella con el niño en brazos. El rostro del futuro sacrificio. Tampoco la alejó de sus pensamientos el grupo de ángeles que rodeaban a una mártir en éxtasis atravesada por espadas de dolor. Ellos a su alrededor, recibiendo gozosos el espectáculo de su entrega. Vestida de blanco tuvo diez años y tuvo, en su siesta pesada de calor y preñez, su edad actual.

Una brisa de tormenta le acarició las manos, la cara, el vientre, la vida que recién ahora empezaba a reconocer como la única fuente de felicidad, pero que siempre intuyó como el gran germen del sufrimiento y de la muerte.

Un día, ella se había detenido y rodeada de vacío, de todo lo que había querido, se rindió al fin ante la evidencia de lo inevitable; dejó al hombre que se le acercara lentamente, que lamiera su mano pidiendo un nido que ella no estaba segura de poder darle. Sin embargo, a él nada de eso parecía importarle, tal vez siguiera corriendo tras el fantasma de Alejandra todos los días de su vida con el mismo empecinamiento con que siempre lo había hecho. Ambos se esforzaron en creerse felices mientras el ominoso tiempo del anuncio se acercaba. Necesitó cambiar sus vestidos por otros más amplios y fue extendiendo sus horas de sueño como nunca antes se lo había permitido. Siempre había habido metas más importantes para ella que sus sentimientos, porque los deseos alborotan y desorientan. Ahora sentía que la vida experimentada intensamente y también el futuro, aunque ambos fueran una equivocación, eran a la vez la maravillosa ficción de algo parecido a lo que la gente llamaba felicidad y la infinita posibilidad de la desgracia.

Esa tarde, Alejandra y el peso de su cuerpo durmieron más que de costumbre. Esa misma tarde de su muerte había creído ver un demonio de aspecto angelical, de pieles blancas y cabello rubio rondando su cama.

El hermano menor

Miró con desazón su cama, bastante desordenada por cierto, y volvió a escuchar la voz de su madre retándolo porque él había dejado un desastre allí esa mañana. Era verdad, aunque nada fuera de lo común. Cuando esa mujer se enojaba, sólo podía mirarla con los ojos tristes pidiéndole perdón. En fin, pensó, no ganaba nada con ponerse a llorar porque otra vez estaba solo y sabía que únicamente se ponía a pensar en estas cosas cuando se quedaba solo. Tenía tres años y ni siquiera iba aún a la escuela. Tres por siete. Su hermano del medio había estado estudiando las tablas y él lo había seguido por todo el patio mientras el chico repetía sin cansancio. Nada, esa tarde fue imposible jugar con él. "Tres por siete, ma. ¿Viste cuánto es?", dijo, el muy superado. ¿Y? No, no es verdad. Él era demasiado chico para saber las tablas.

A pesar de todo, no se sentía muy diferente a sus hermanos. Hacía sólo unas semanas que Nico, el de las tablas, se había estado rascando la cabeza furiosamente. Médico. Diagnóstico: pediculosis. ¡Ja! Ese shampoo maloliente y un peine finito. También a él lo habían llevado al médico; claro, se rascaba tanto como Nico. Otro liquidito y a recibir la sacudida del cepillado... fino.

Llevó sus juguetes a la caja del patio y miró el color del cielo, la ubicación del sol; descubrió que todavía era demasiado temprano para que volvieran. Bueno, una siesta haría que el tiempo pasara más rápido. Antes de acostarse dio tantas vueltas, estaba cansado, le dolían las piernas como después de jugar a la pelota con sus hermanos. Ahhh... el domingo, ¡qué día glorioso! La maravilla del verde en su cuerpo y el perfume de los eucaliptos. Había también otros olores que atraían su atención tan poderosamente... más bien la atención de su estómago. El humo cálido y sabroso que despedían los chorizos y las hamburguesas hacía que le pidiera a su mamá, con insistencia de cachorro, algo para comer. Ella no transigía nunca, decía que le iba a hacer mal. Sin embargo, a sus hermanos no les hacía mal y los veía comer hasta que ellos, cómplices, le daban un poco de lo suyo, siempre a escondidas de mamá.

Si los muchachos iban en bicicleta, trataba de alcanzarlos para convencerlos de que compartieran con él los juegos. Indefectiblemente agotado, se sentaba en el pasto y sólo los veía pasar. Él no tenía bici, para todo era tan chico... Tres por siete... No es cierto...

Por fin llegaba el momento de la pelota. ¡Ah! ¡En esto sí que era mejor que sus hermanos! Una vez que la tenía en su poder, corría y corría. ¡Era suya! ¡Cómo se divertía cuando lograba sacársela a alguno! Pasaba un buen rato hasta que, los dos mayores de acuerdo, podían recuperarla.

Se revolvió inquieto en su cama. Un somnoliento recuerdo extraño lo atrapó como él retenía la pelota, con uñas y dientes, y no lo dejaba descansar. Fue esa tarde en que su hermano mayor estaba leyendo un libro y comenzó a reírse con fuerza. El chico entró en la habitación donde estaba su madre, él lo siguió y alcanzó a escuchar: "Ma, la historia del negrito que se asusta del padre porque su hermanastro y su mamá son blancos... Se asusta del padre porque es negro, pero no se da cuenta de que él es igual..." Nico escuchó las risas y corrió a ver qué pasaba, en el apuro casi lo pisa... "Le pasa lo mismo que a él. Cuando los ve se asusta... Como si no fueran como él..." Aun dormido sentía la incertidumbre de no poder explicarse a qué se referían los chicos. Tal vez su papá no fuera el mismo papá que el de ellos, pero la mamá era la misma. Todavía podía recordar la mamadera de los primeros días y ese olorcito tibio de la leche. Después de todo, ése a quien los chicos le dijeron una o dos veces "papá", había desaparecido como un fantasma de sus vidas. No importaba que él fuera chiquito y no entendiera porqué no estaba su papá con ellos, o que hubiera dos, o veinte o doscientos papás por allí sueltos en el mundo, él tenía su familia y estaba allí con ellos.

Lo que de veras lo angustiaba era no poder identificar a qué se referían sus hermanos cuando hablaban de sus temores. ¿A qué le tenía miedo? A los coches que pasaban muy rápido, a que no quisieran jugar con él, a hacerse pis encima y mojar la alfombra de mamá, a que ella, entonces, lo retara. Pero... ellos habían dicho que era algo igual a él lo que le daba miedo... y sin embargo, los chicos le encantaban, ni hablar cuanto más chiquitos eran; así, de tres años, apenas más altos que él, aunque de la misma edad. Tres... siete... veintiuno...

El sueño ya era pesadilla. El fantasma lo perseguía, lo atrapaba, y sentía que cuando despertara no podría preguntarle a nadie porque no sabría ni siquiera cómo explicarlo. ¿Qué era?

Escuchó la llave en la puerta; por fin volvían. Saltó de la cama para recibirlos tan feliz por su llegada como porque el horror había terminado. Ya podía jugar con su mamá, interrumpir a sus hermanos que hacían la tarea, merendar, robar galletitas con mermelada, husmear la cena mientras la mujer trajinaba entre las ollas y lo miraba con ternura, salir a pasear después de comer.

Atila, el hermano menor, el hermano mayor, aquel que tenía veintiún años, según ese cálculo arbitrario de los veterinarios, el que se asustaba de los otros perros como si fueran algo ajeno a su conocimiento de la vida, olvidó el sueño y fue feliz con su familia.

Okupitas

Todos los años me pasa lo mismo. Las vacaciones son un plomo completo y ya la escuché decir a mi mamá que estoy "literalmente perdido" por la pantalla. No entiendo del todo lo de "literalmente", es una palabra tan larga. Llega un momento del día en que nos peleamos por el control remoto o de lo contrario, por usar la compu. Puse un juego nuevo que está buenísimo, es de estrategia, se puede elegir el personaje: podés ser terrorista o policía y una vez que elegiste, te dan puntos según la cantidad de enemigos que hayas matado. A mí me gusta ser de los buenos. En fin, que otra vez viene el verano y mi mamá me apaga la tele y me manda a jugar con mi hermanito. ¡Cómo me aburre! No entiende nada y yo, que ya soy grande, parece que lo hago llorar siempre y después tengo la culpa de todo. Total, él es chiquito... No sabe jugar a la pelota, ni te presta sus autitos, ni nada. Yo nunca tuve tres años o nunca fui así de caprichoso y malentendido como Julián. ¡Qué tipo! ¿Cuándo crecerá? Ya va a ver cuando tenga diez y todo el mundo le pregunte si ya hizo la tarea o cómo le va en el colegio. Odio que me pregunten cómo me va en el colegio, pero más todavía si ya tengo novia. ¡Qué novia ni ocho cuartos!, como dice mi mamá. Si son todas unas pavas que chillan como loros y lloran todo el tiempo. ¿Te fijaste que parece que tuvieran siempre la edad de Julián? Si ya tienen diez y lloran y chillan y chillan y lloran. Y lo que es peor, tienen esas muñecas flacas de pelos largos que encima las coleccionan (a mí me parece que son todas iguales), que pobre de vos si se las tocás, porque sos un bruto que no sabe jugar. El que sí sabe jugar es Pablo. Lo conocí en primero y desde ese día que empezaron las clases somos amigos. Solamente a él le presto los crayones nuevos de la cajita que me compra mi mamá cuando empieza el año de la escuela. Con Pablo me divierto mucho. Cuando voy a su casa jugamos todo el tiempo con la compu, si es invierno. Su mamá no le dice nada porque tiene una computadora para él solo. ¡Qué suerte, no tiene hermano! Aunque... ¿querés que te diga la verdad? A mí me encantaría que Pablo fuera mi hermano y no ese enano consentido. Además, su mamá no quiere escribir en la compu como la mía, que encima trabaja y la quiere usar a la nochecita cuando yo ya terminé la tarea y ya puedo jugar. La mamá de Pablo no trabaja, bah, qué sé yo, a la tarde mira la novela, plancha y nos pregunta qué queremos comer de rico a la noche.

"La vida me sonríe" (me mandé la frase del año): el otro día mi mamá me dijo que voy a pasar unos días de las vacaciones de verano que recién empezaron en la casa de mi amigo. No sé qué hacer, estoy como loco, pongo mi ropa en un bolso, no me tengo que olvidar de la malla, la pelota, el cepillo de dientes. Me olvidé de decirte que la casa de Pablo está rebuena. Tiene una terraza enorme llena de macetas con plantas y una pileta. Y te digo que todavía queda un montón de lugar para jugar a la pelota, por eso llevo la mía que es mucho mejor que la del dueño de casa. En la pelota me parece que es lo único en que le gano. La terraza... con sólo pensarlo me emociono. Cuando estás ahí arriba sentís que tenés el cielo recerquita, las nubes, el sol ahí nomás, los bichos de las plantas (aunque no hay muchos porque la mamá de Pablo les echa un liquidito para matarlos). Y después de jugar a la pelota te metés en la pileta, que es como si te bañaras pero mucho más divertido porque no tenés que enjabonarte ni ponerte ese champú asqueroso en la cabeza que te hace picar los ojos cuando te lo sacás. Voy a pasar al menos una semana lejos del insoportable de mi hermano. Por fin unas vacaciones como la gente.

Cuando llegué era casi de noche porque mi mamá me llevó después de volver del trabajo. Quería "arreglar" con la mamá de Pablo. ¿Qué "arreglan"? ¿El mundo? Si siempre sigue tan desarreglado como de costumbre, aunque ellas se metan en la cocina a conversar durante horas. Igual tuvimos suerte, porque a pesar de que hablaron un montón, mientras hicieron una pila de milanesas con papas fritas. Mi mamá me dijo que me iba a llamar por teléfono todas las noches y que el domingo de la semana siguiente vendría a buscarme. Cuando se fue casi lloraba... y yo que estaba tan contento...

A la mañana, después de la leche (y en esto de la leche la mamá de Pablo es tan hincha como la mía) fuimos a la terraza a jugar a la pelota. Ya nos estábamos bañando cuando escuchamos un ruido extraño y bastante fuerte. Nos miramos algo asustados porque no sabíamos si había pasado algo en el piso de abajo. Como no podíamos bajar sin secarnos para no hacer un enchastre en el comedor, salimos chorreando de la pileta y buscamos las toallas. Otro ruido como de algo que se rompe. Venía de abajo, pero no de la casa de Pablo, sino de la de al lado. Nos arrodillamos en el escaloncito de la medianera y estirándonos todo lo que podíamos, miramos. En el largo pasillo de la casa vecina, que no tenía planta alta, sino un patio en el fondo vimos a varias personas. Pablo se asustó un poco porque me dijo que en esa casa no vivía nadie hacía mucho tiempo. Nos tapamos las cabezas con las toallas pensando que así no nos verían. Entraban con bolsas, paquetes, un cochecito de bebé. Había señoras, hombres y algunos chicos que tendrían más o menos nuestra edad. Se estaban mudando. Pero ¡qué familia más extraña! Eran muchos y no sabías quién era el papá, quién la mamá.

Resolvimos no decir nada. Cuando mi mamá llamó a la noche, habló también con la mamá de Pablo y alcanzamos a escuchar que estaba muy preocupada. Decía que habían ocupado la casa de al lado, que era un peligro, que ya habían hablado con varios vecinos para hacer la denuncia. "Nunca sabés qué puede pasar con esa gente tan cerca", "Seguro que salieron de una villa o que vinieron de afuera y acá no encontraron donde meterse porque no trabajan ni nada, ¿viste?", "Después toman, o porái roban, ¡qué sé yo!", "Igual vos no te preocupes, Marta, que los chicos no salen de casa si no es conmigo".

El lío lo iniciamos nosotros a la mañana siguiente cuando yo pateé la pelota tan fuerte que saltó la medianera como impulsada por una fuerza sobrehumana. Parecía que quería irse. Sólo la vimos pasar rápida hacia la casa vecina. Miramos y había quedado ahí en el medio del patio, al lado del cochecito, como un regalo caído del cielo. ¡La mejor pelota del barrio! ¿Y ahora? No ganábamos nada con decirle a la mamá de Pablo, porque no iba a querer recuperarla de ninguna manera, si hasta cuando salía a hacer las compras con nosotros (como la tarde anterior) cruzaba de vereda en la mitad de la cuadra con tal de no pasar por delante de esa puerta con la cerradura rota. ¿Y si íbamos nosotros? Nos dio un poco de miedo, especialmente porque deberíamos hacerlo a escondidas de la mamá y entonces, desistimos. Nos bañamos, bajamos, comimos nuestro almuerzo, mudos, preocupados, acumulando futuro aburrimiento porque no podíamos siquiera sugerir de quedarnos a jugar con la compu, semejante sol que había, sin confesar.

A la tarde, subimos decididos y curiosos a la medianera derecho. Un chico morocho hacía jueguito con el regalo de la mañana. "Mi pelota", ahogué un grito de angustia por el tesoro perdido. "Calláte, estúpido, ¿no ves que nos van a escuchar y se van a avivar que los estamos espiando? ¿No escuchaste ayer a mi mamá?", me golpeó con la toalla en la cabeza Pablo. A medias resignado, volví a mirar. El pibe le tiraba la pelota despacito a un bebé más o menos grandote que estaba sentado en el cochecito; se mataban de risa. Pensé por qué no podía yo jugar así con mi hermano, ¡me dio una bronca! ¡Y ahora no tenía la pelota! Todo el día se escuchó música bastante fuerte. Era muy parecida a la que pasan los sábados a la tarde por la tele en esos programas que mi mamá no ve porque dice que son muy ordinarios, hay chicas bailando medio desnudas y las canciones tienen un ritmo bastante pegajoso (¿o pegadizo?). Total que después que se aburrieron de jugar dejaron mi pelota olvidada en el patio. ¿Y si se pinchaba?

En estas cosas pensaba cuando estaba acostado y no podía dormirme. Envidiaba al chico que jugaba con su hermano (o porái jugaba así con él porque no era su hermano y ahí la cosa cambia) sobre todo porque jugaba con algo que era mío. ¿Podría recuperarla? Y si no, ¿qué le iba a decir a mi mamá cuando volviera a casa? ¿Que los negros esos que salieron en el informe de la tele como los que se meten en casas ajenas me obligaron a dársela? Eso no estaba mal, seguro que se lo creía. Pero... ¿cómo inventar que pasamos solos por allí con la pelota en la mano si la mamá de Pablo no nos dejaba ni siquiera ir al quiosco a comprar caramelos? "No pienses más, tratá de dormir y olvidáte de la pelota. Tu mamá ni se va a acordar. Cuando pase mucho tiempo y te pregunte le decís que no sabés dónde la perdiste, que porái te la dejaste en mi casa.", trató de consolarme Pablo que no soportaba más que diera vueltas en la cama y no lo dejara dormir.

Todo pasó demasiado rápido. A la mañana el revuelo en la calle era infernal. Había dos patrulleros en la puerta de la casa de Pablo, una cantidad de policías como en una película. La mamá no nos dejó mirar por la ventana porque dijo que tenía miedo de que nos pasara algo. Bajó las persianas y nos mandó para adentro. Obedecimos a medias. No aguantábamos la curiosidad y subimos corriendo las escaleras para la terraza. Antes de llegar escuchamos un golpe muy fuerte, parecido al de la primera vez. Aunque ahora se escuchaban gritos, gritos de vecinos, gritos de policías. "Alto, alto". Corridas en la vereda y en la casa vecina, todo eso se escuchaba. Apenas alcanzamos a arrodillarnos en el escaloncito de la medianera cuando se escuchó un tiro, éste sí que sonó igualito al de las películas. Vimos caer pesadamente a un hombre al final del pasillo, donde empezaba el patio. Las mujeres abajo corrían y gritaban. Al lado del cochecito, el pibe tenía la pelota debajo del brazo y me pareció que lloraba.

Mis vacaciones en lo de Pablo se terminaron en menos que canta un gallo, como dice mi mamá. Esa noche ella vio en el noticiero lo que había pasado y me vino a buscar desesperada. Pensaba que no podía quedarme "un solo minuto más" en ese lugar tan peligroso. Aunque no sabía lo que habíamos visto. Nosotros vimos, nosotros no entendimos lo que vimos en el noticiero. "Que se habían resistido", "Que son todos delincuentes", "¡Qué barbaridad! ¡Con esta inseguridad ya no se puede vivir!", "Que los devuelvan a sus países".

Pasó bastante tiempo desde el verano, yo todavía espero que ese chico haya podido volver a jugar con la pelota como en aquella tarde, después de todo se lo merece tanto como yo. ¡Ah! Y sigo jugando con mi compu y siempre me gusta estar del lado de los buenos, aunque ahora no estoy muy seguro qué personaje elegir.

Un gusano
en la manzana

"Una sublime sordidez amenaza imperceptiblemente como el gusano, potencia en la belleza de la manzana."

Donatien Alphonse François

Se acomodó más o menos displicente en el asiento después de ubicar su bolso en la rejilla que estaba sobre su cabeza. No llevaba muchas cosas, no le hacían falta y, en verdad, el lugar era bastante incómodo como para ir demasiado cargado. Leyó una revista que llevaba en la mano cuando había subido, ésas que cuentan las últimas novedades de los actores y personalidades famosas. Otra frivolidad más de los cuartos de baño y van... La usó para taparse la cara y entonces sintió de nuevo esa oleada de recuerdo en la estación. La chica, sus sandalias y las medias corridas que dejaban ver los pies sucios. Podría haber estado descalza. Se había acercado a él en pose seductora; era claro que desde lejos, en la oscuridad de la estación, parecía una mujer. Sin embargo, era prácticamente una niña. Siempre lo había consolado pensar que no era la primera vez que lo hacían, siempre el bálsamo de no sentirse responsable porque ya estaban acostumbradas y, en última instancia, de eso vivían. El vestido tan corto, el gesto desenvuelto, sí, repetido infinidad de veces. Fue un trámite bastante rápido. Ahora percibía muy lejanamente una luz oscurecida, la opacidad suya cubriendo el brillo majestuoso y entregado de aquel breve vestido; esta sensación no era, con todo, desagradable.

Jugó a identificar los sonidos y reponía las imágenes de los que hablaban, gritaban, corrían por el andén. El tipo que controlaba los boletos explicaba:

-Sí, señora, cargue los bultos en ese vagón, pero búsquese rápido alguien que la ayude. Salimos a las seis y cuarto. Disculpe... ¿No se estarán mudando ustedes? ¡Qué gente! –alcanzó a decir cuando la mujer ya no lo escuchaba.

La puteada se escuchó tan fuerte al lado suyo que lo sobresaltó porque no había alcanzado a darse cuenta de que habían empezado a acomodarse en *su* vagón.

-¡Puta madre! Apuráte, Andrés, que se va el tren.

Miró: tres valijas, seis bolsos, la sombrilla, cuatro reposeras, una mujer enorme oculta bajo una bata floreada y una lluvia de insultos, un hombre de unos cincuenta, dormido, humillado y... dos adolescentes. Historia aparte. Uno alto, delgado, con aritos en las orejas, nariz y labio inferior, aspecto de desidia, remera negra, prácticamente pelado. El otro, gordito, sumido en sus aparentes pensamientos (¿Qué tienen los adolescentes en la cabeza?) arrastrando uno de esos carritos con ruedas (¿otro más?). Los dos fuera del mundo con sendos walkman en funcionamiento. ¡Qué escena tan patética! Hacía rato que el sol había despuntado y la playa que lo esperaba valía la pena la incomodidad de los asientos y de los acompañantes.

Aburrido por la espera dejó a un lado la revista y buscó en su bolso algo más interesante, más significativo tal vez, para leer. Saboreó con placer los infortunios de una virtud sometida que pasaban ante sus ojos, las letras de otro alguna vez perseguido, ahora reivindicado.

El tren partió y el ruido que producía lo distrajo un momento.

-Mami, el abuelo quiere agua.

¿Cómo no la había visto? La escuchó ahora, cómo la escuchaba... Reina de su asiento, el vestido amplio acomodado primorosamente, corona de rulos su cabecita, mirada sabia, oscura y una voz acostumbrada a ser obedecida, tirana caprichosa. Sólo podía dejar de mirarla cuando sus padres se levantaban.

La madre sacó de su mochila una botella de agua mineral y la ofreció al anciano, sentado a la derecha de la niña, que bebió con avidez inusitada.

Se inició un desfile incesante, una procesión espuria de variados mercaderes que ofrecían sombrillas, crucigramas, gaseosas, helados, esterillas, radios, ¡ensalada de frutas!

-Mami, quiero fruta.

Y el padre pagaba dos, una para el abuelo, niño a fuerza del paso de los años, y otra para ella. Ella... exigía con la sabiduría del que siempre fue complacido y desechaba sin compasión cualquier cosa que ya no le apeteciera.

-¡No quiero más!

-Si casi no la probaste –intentó explicar apenas resignado el padre.

-¡No quiero!

-Bueno, Jorge, dejá; yo la termino.

Guardaba para sí el derecho absoluto sobre todo lo que la rodeaba y él deseó, cada vez más anhelante, someterse a esa majestad.

El abuelo dijo algo prácticamente inaudible y su hijo se levantó y lo ayudó a incorporarse. El viejo caminaba tan lento que apenas parecían avanzar. Lo llevaba al baño. Demoraron mucho; se permitió imaginar lo lamentable de la escena: el hijo debía optar entre ayudarlo a bajarse el cierre o sostenerlo, hacer ambas cosas alternativamente y lo más rápido posible a los efectos de evitar lo inevitable, lograr que orinara el resto en el lugar más cercano al adecuado en una especie de escabroso tiro al blanco tratando de no caerse, repetir las operaciones inversas para vestirlo en medio de la cadencia del tren. Todo eso. Sintió profundo desagrado cuando los vio regresar y el viejo mostraba, sin conciencia, sin vergüenza, la humedad prevista.

Ya el sol estaba alto y las bocas abiertas de las ventanillas sólo recibían polvo, aire caliente y la luz cegadora que la velocidad convertía en insolencia.

-Mami, un peine.

Con lasitud tierna, la madre empezó a peinarla; era prácticamente imposible ordenar esos rulos revueltos por el viento. Una serie de mohínes perfectamente aprendidos ensombrecieron la impertubabilidad del ángel.

-¡Ufa! ¡Basta! ¡Me duele! –visiblemente molesta le sacó a su madre con gesto brusco el peine y ella misma se ocupó de su peinado. Él la miraba tras un abismo de retorcimiento doloroso, se ahogó en el vértigo de la contemplación, se dejó caer en los brazos del ángel de la perversidad.

Un tipo vendiendo sandwiches se paró al lado de la puerta del vagón. Por supuesto, ella pidió uno. Esta vez terminó de comer. Con el gesto más dulce, más engañoso, más atrapante hizo un bollito con la servilleta de papel y lo arrojó a la cara del padre que se despertó sobresaltado.

-¡Nena! ¿Qué te pasa?

-Hola, papi.

-Esta chica se está poniendo insoportable. Decir que falta menos de una hora de viaje. –dijo a su mujer.

-Sí... yo no comí casi nada y cuando lleguemos voy a tener que acomodar todas las cosas y hacer algunas compras. Mejor voy hasta el bar y almuerzo algo. Hija, ¿querés venir conmigo?

-Ya comí, mami.

-Bueno, yo voy. -La mujer se levantó y apurada desapareció en el fondo del vagón.

El avance del día había convertido al lugar en un infierno de reflejos, de verano insaciable. Cerró los ojos y fue un niño a su vez, se vio con ese disfraz de pirata que tuvo en aquel carnaval lejano. La madre lo asfixiaba con su risa floja mientras lo rodeaban gitanas, hadas, toreros, brujas, demonios, envueltos en trapos coloridos. En medio de ese delirio, de esa fiebre, de ese sudor, sólo un objeto llamaba su atención: un pequeño cofre cargado por las manitos de un ángel que brillaba con una fosforescencia indescifrable. Un don insalvable que quiso para sí con capricho de niño. Corrió tras el ángel que estuvo a punto de desaparecer en medio de un grupo de artistas de circo. Cayó en un vértigo de desesperación y de terror. ¿Por qué estaba haciendo esto? ¿Dónde estaba su madre? Se daba cuenta de que se estaba perdiendo. Pero nadie comprendería, ni siquiera su hermano, ese estúpido vestido de payaso, algo mayor que él, que jugaba tirando agua con una flor falsa a cuanto personaje pasara a su lado. Atrapar ese límite, robar el brillo de ese cofre para sí, experimentar por un momento lo que sabía imposible. ¿Podría volver? ¿Dónde estaba ahora? Un coro aullante de adultos con disfraces lo sorprendió: ¿no era éste un carnaval de niños? Lo rodearon, le gritaron acusadoramente amenazándolo con devolverlo a su madre. Una de las mujeres del grupo dejó caer una máscara: era el ángel de los pies descalzos y sucios de andar escapando entre bufones y arlequines obscenos y ridículos, con su cabeza nimbada de rulos. Cayó con avidez sobre la alhaja prohibida. Estaba claro que no podía durar; en cuanto la obtuviera, la perdería; pero supo que un sólo instante valdría la pena, que dejaría por un momento de tener el alma sucia, aunque como un vampiro sediento, su propio veneno se contagiara y nada de la pureza quebrada pudiera quedar para él.

Un agudo silbido lo devolvió a la luz y la suavidad de un ala lo rozó buscándole el hombro.

-Señor... señor...

¿Qué máscara grotesca estaba a punto de caer de él? La miró con ojos absortos como escrutando la posibilidad del cofre prohibido.

-Señor, ¿me dice dónde está el baño?

No podía contestar, mudo y con una ceguera que le impedía ver más allá de su propio deseo, alcanzó a mostrárselo con la fuerza de su mirada.

-Mami fue a comer y el abuelo quiso ir al baño...

Miró el reloj, en quince minutos llegarían a destino y ya la vecina gorda y su esposo habían despertado a las marmotas adolescentes y caóticamente habían empezado a acomodar sus bultos en el pasillo. Apilaban laboriosamente impidiendo en parte el paso de los que volvían del comedor o del baño. Se levantó y sin decir una palabra la tomó de la mano. Se abrasó su mano en la de ella y sus ojos, en los rulos salvajes; esquivaron sombrillas y carritos. Llegaron.

El tren comenzó a detenerse y en vivo contraste con la estación, el vagón era un hervidero de gritos, indiferencia, desesperación. No faltaría mucho hasta que el paraíso de vacaciones tomara la forma del contingente avasallador.

Cuando sacó su bolso guardó el libro que había dejado sobre el asiento (y olvidó la revista) y parsimonioso, pidiendo permiso, se abrió paso hacia la puerta. Los demás acomodaban equipaje o atendían cortésmente los pedidos de ayuda.

-Tranquilícese, señora; mi esposo ya fue a buscar al guarda. No se preocupe, no pudo haber ido muy lejos... digo, perdón... No pudo haber ido a ningún lado, tiene que estar en el tren. Tome un poco de agua y siéntese. Enseguida la van a encontrar.

Los primeros pasajeros hormigueaban inquietos en el andén. Él descendió sin apuro, era una ventaja llevar poco equipaje. Caminó sin darse vuelta, como en trance, enfrentando al sol que ardía único, sin nubes. Anduvo cuadras y cuadras en un vacío de tiempo, en una eternidad de calles prácticamente desiertas, en un sentido fijo, predestinado. Cuando bajó a la playa, el aire azul del mar lo obligó a respirar dolorosamente, a sentirse con vida en un absurdo y sórdido mundo de degradación. Pensó que la encontrarían en el baño del vagón, allí donde ella había querido y tal como ella habría querido si hubiera ignorado algo menos de la realidad. Se descalzó, dejó el bolso tirado sobre la primera arena y se permitió sentir sus pies calientes y húmedos de sal con un placer y una angustia inexplicables.

Nosotras tres

Ayer a la mañana llegué a la ciudad. Bajé del micro en Constitución con mi bolso gastado a fuerza de pasar por hoteles y pensiones miserables, en él llevo lo poco que necesito y lo fundamental: algunos papeles que van siempre conmigo y sólo yo he leído. Parada frente a un quiosco de revistas en la estación hirviente de micros y humo sentí una desazón que sólo reaccionó ante la mirada triste de un chiquito que me pidió unas monedas para comer. ¿Cuántos años tendría? ¿Cinco, seis? ¿Dónde estaba esa madre? ¿Dónde está esa madre en mí que buscó entre lo poco que le quedaba en el bolsillo y le dio un par de monedas? Ahora todavía me duele esa mirada, su nariz sucia y las monedas bien apretaditas en su mano.

-Gracias, señora, Dios la bendiga.

¿Señora? ¿Dios? ¿Cuál de las dos cosas tiene más existencia? Las palabras son huecos que se dicen para el intento vano de explicar lo que no tiene sentido; por eso insisto con estos garabatos todos los días, por eso.

Para encontrar algún sentido entre todos los que se me escapan por entre el vacío de las palabras.

Pregunté en el quiosco qué podía tomar para ir al Centro. Una vez en el colectivo observé el silencio mortal en el ruido más atroz. La gente no se saluda, aunque sí se habla a los gritos; no se conoce, crispa el gesto y lo mantiene como una máscara aprendida para defenderse de los demás. Vi una plaza grande y un edificio enfrente: CONGRESO – NACIONAL en ligustro de prolija y recortada imprenta. Me bajé sin pensarlo demasiado, ahora creo que hubo algo (¿quién sabe si el Dios ése cuya existencia no tiene ningún sentido?) que me llevó a recorrer ese camino. Atravesé la plaza y caminé dos cuadras más. Calle Bartolomé Mitre. Hotel Metropol. El encargado me gritó cuando supo que no le iba a pagar por adelantado aunque prometí hacerlo en cuanto consiguiera un trabajo... cualquiera.

-¡Que te quede clarito que esto no es una sociedad de beneficencia! –vociferó. –Bue, -dijo después de unos momentos que se hacían interminables, mientras no dejaba de secar afanosamente con trapo de piso un agua jabonosa gris que se deslizaba hacia las escaleras de la entrada a pesar de todos sus esfuerzos- hay una pieza con dos minas; metéte con ellas. Arréglense como puedan, total ésas también pagan cada tanto.

Un colchón en el piso para mí y dos camas marineras. Me recibieron bien. Cuando entré la Negra ocupaba la cama de abajo y semidesnuda como estaba me ayudó con el colchón, las sábanas, acomodó el bolso en un roperito triste de tanto uso.

-Che, Poli, despertáte ¿querés? Acá hay una piba que va a quedarse con nosotras. Yo soy la Negra, ¿y vos?

- Lola -me presenté.

-Acá al gallego hay que pagarle todas las semanas y por anticipado. -Asomó Poli desde la cama de arriba.

-¡Ay, que pelotuda que sos! ¿No escuchaste los gritos del tipo hace diez minutos? ¡Qué vas a escuchar si dormís como un tronco! Ya le explicaron todo eso muy "delicadamente".

Cuando supieron que llegaba recién y que tenía que buscar trabajo me explicaron que la mejor forma de mantener para la noche siguiente ese colchón lamentable era acompañarlas en su trabajo de esa noche. En la pieza había un calentador de querosén, de ésos que yo conocía bien; en la casa de mi tía había uno. Esa casa de la que me fui no bien cumplí los quince. Calentaron agua y pasamos la tarde tomando mate, tenían apenas un paquete de galletitas dulces para compartir y todas sus palabras atravesadas en la voz luchando por salir. Es sorprendente cómo pueden mostrarse las personas en tan poco tiempo y con tanta crudeza y sinceridad aun cuando se hayan vivido experiencias tan distintas. Ahora que lo pienso mejor creo que las tres tenemos en común algunas cosas. Ninguna una familia, ninguna el amor. La Negra llora todavía a los hijos que despidió en aquella estación lejana por la distancia y el tiempo. La nena, la mayor, tomada de la mano de la abuela y estrujando con fuerza un conejito tejido por su mamá antes de que la niña naciera; el más chiquito en brazos, incapaz aún de darse cuenta de la inmensidad de la pérdida.

Mi compañera enviaba todo el dinero que podía para que la anciana pudiera mantener a los chicos y, a cambio, recibía las noticias agridulces de los progresos de sus hijos por cartas que contestaba siempre en medio de ataques de llanto impotente.

-Ni un puto teléfono hay en ese pueblo de mierda. Bueno, hay en el almacén y en algún otro negocio. Pero yo no puedo llamar ahí. Y ellos no me quieren llamar, ¿sabés? Si los atiende el gallego les dice que no estoy o si recibe los mensajes no sirven para nada porque no puedo contestarles enseguida. Me escriben. Vieras lo bien que escribe la nena. El varón todavía va al jardín, tengo guardados unos dibujos re lindos. Mañana te los busco para que los veas.

-¡Uh! ¡Qué hinchapelotas, vos, con los dibujos! Te anticipo que a mí me los mostró ochocientas mil veces. –acotó Poli.

-Calláte... Si vos también sos insoportable cuando te pones a hablar de tu hijo.

La Negra no juntaba nunca el dinero suficiente como para viajar al norte y pasar una temporada con ellos y estaba preocupada porque tenía la sensación de que cada vez las cartas se espaciaban más.

-Mi hijo ya es grande... tiene 17. Vive con el padre, su mujer y tres hermanos; bah, medio hermanos. Y siempre en las vacaciones pasa una temporada en Buenos Aires en casa de unos tíos y nos vemos. Sí... yo por lo menos lo veo... – Poli miró a la Negra que hacía un bollo con el envoltorio de las galletitas que ya se habían terminado.

Hablé apenas, el recuento de mi pasado habría opacado la triste dulzura de las confesiones de mis compañeras. Yo no tuve siquiera la posibilidad de sentir la ternura de unos ojitos que me buscaran, de escuchar un llanto urgente por la madrugada que me reclamara, de sentirme, aunque más no fuera por un tiempo, omnipotente, capaz de todo, fuerte por sobre todos los demás porque un hijo me necesitaba.

Poli habló de hombres, dijo que enamorarse era una desgracia, que a ellos les bastaba con ejercer ese poder del amor que nos convierte en los seres más vulnerables, más a la espera, para transformarlo en algo degradante. Al que ama se lo seduce, se lo posee, se lo somete. Se reduce a las migas de una limosna infinitamente pobre para calmar una desesperación inconsolable. Los celos aumentan la certeza de la imposibilidad y, en ese afán de revertir la posesión, se quedan ellos solos, se convierten en el único sentimiento posible...

-Poli, no podés pensar que Lucio prefiera al trava ése. Está buscando otro tipo de mercadería para ofrecer. Pensá que hasta hace dos meses éramos sólo mujeres.

-La Giselle le está todo el tiempo encima, con esas tetas de siliconas, la trucha pintada como puerta y sus gestos y movimientos de minón en celo. Sé que al lado de ella parezco un camionero. Ella se sienta y se cruza de piernas; yo, apenas agarro una silla, me despatarro desmayada de cansancio. Hablo como un camionero, ella todo el tiempo: "Lu..., mi vida..., Luuu...", así te pone la boca como si se la fuera a chupar en todo momento.

Me contaron que Lucio, la pareja de Poli, se encargaba de conseguirles los clientes a cambio de una parte del dinero, aunque si alguna vez no había encontrado ninguno, ellas salían a la calle; allí frente a la plaza había un barcito con las mesas en la vereda donde se sentaban mirando pasar los coches y los transeúntes.

Algunas madrugadas volvían al hotel hartas de estar sentadas o caminando de una esquina a la otra, daba lo mismo, y sin haber logrado el miserable valor de un sueño bajo techo o la comida. Otras veces negociaban con varios el precio de sus necesidades inmediatas; en esos momentos, renunciaban al placer más profundo, más vital, de pasar toda la noche abrazadas al hombre que les dijera como si fueran chiquitas desvalidas que todo estaría bien, que no se preocuparan por el mañana, que mañana seguirían juntos y que eso era suficiente.

Su trabajo tenía ciertas reglas. Ellas no iban a ningún departamento, por una cuestión de seguridad, dijeron, sólo en lugares que ellas conocieran. Generalmente, en el Metropol había habitaciones desocupadas, entonces, el encargado se las alquilaba a cambio de una parte de lo que ellas cobraran. Sin embargo, es imposible no temer ante la presencia única que se impone en la intimidad de una habitación, todas las precauciones siempre parecen insuficientes. Poli y la Negra intentaron algunos consejos para sobrevivir al asco que al principio parece insuperable, a la sensación de suciedad.

-No te apichonés, piba. Vení, vamos a prepararnos para salir.

Subió a mi garganta un sabor de mate amargo mezclado con hedor a maquillaje fuerte, a perfume barato, a flores muertas en un velorio eterno, tuve náuseas y la pieza giró alrededor de mí, el ropero, la cama, el colchón, el calentador, el perfume, la ropa, los zapatos, el asco, el desmayo.

-Che, vení. ¡Rápido! La pendeja se cayó.

-Qué querés si apenas comió unas galletitas. Debe tener el estómago vacío.

No escuché más. Cuando abrí los ojos, las dos estaban sentadas a mi lado, en el piso y pretendían que comiera un sandwich que la Negra había reservado para la cena.

-No... gracias... no es hambre... –tragaba saliva y la sentía áspera y desagradable.

Salimos, la Negra y Poli no paraban de hablar en voz tan alta que muchos, ya ni siquiera asombrados por el desenfado visual que exhibían mis compañeras, sólo se daban vuelta cuando escuchaban, no sin sorpresa dentro del tono aceleradamente mediocre de la vida sobrevolando sin ganas, las carcajadas de alguna de ellas. Nos sentamos a una mesita del bar que me habían contado y cuando llegó Lucio, después de las presentaciones del caso, anunció que había conseguido dos clientes. Uno para Giselle. La mirada de Poli aulló, imploró, amenazó.

-El otro para vos, Poli.

Nunca había visto a nadie recibir la confirmación de tanta degradación con tanto placer.

-Quedamos en mi pieza del hotel. Vos te vas a la tuya y Giselle se queda en la mía.

El espacio que otro ocupa, el ladrón de lo que uno siente que no puede retener, que se escapa, la infinita languidez de la mirada de Poli.

-Lo siento chicas, van a tener que arreglárselas solas por hoy. ¿Vamos?

Poli se levantó sin mirarlo, se acomodó el pelo, alejó de sí toda la resignación y su gesto brilló como un relámpago de indignación. Desaparecieron en el tráfico todavía bastante intenso para la hora que era.

No tomábamos nada, el dueño del bar ya las conocía y no estaban obligadas a consumir.

-Total, tienen casi todas las mesas desocupadas. ¿Ves? No todo el mundo es tan malo. Este tipo nos hace un favor.

El horror de la ceguera, del consentimiento implícito: evité con todas mis fuerzas hundirme de nuevo en el asco, desvanecerme de náuseas. Esta vez lo logré. Esperamos alrededor de dos horas que fueron eternas; el frío comenzó a subir por mis pies, mis pantorrillas, mis muslos, mi sexo olvidado y déspota, hasta mis sentimientos estaban helados, inconmovibles incluso ante el incesante parloteo de mi compañera. Se detuvo un coche y la Negra se acercó a la ventanilla entreabierta sacudiendo violentamente su cabellera amarilla y rizada que parecía salida de una película barata. Habló con el tipo y volvió a la mesa.

-Vamos al hotel. Le alquilamos una pieza al gallego. Mirá vos, el reventado dice que nos quiere a las dos... En fin, la plata es de él y el negocio es nuestro...

El frío me inmovilizaba en la silla y la miré con los ojos vacíos.

-¡Dale, che! Vamos yendo así conseguimos la pieza mientras va a estacionar el auto. Yo después lo espero en la puerta del hotel.

Me levanté y la seguí con los brazos cruzados sobre el pecho y temblando. Cuando llegamos, pidió la pieza al encargado que estaba comiendo no sé qué especie de guiso sentado tras el mostrador de la recepción. Se limpió mal las manos y se restregó la boca con una servilleta; entregó la llave.

-Bue, ya me puedo ir a dormir... Si viene alguien que toque el timbre. Ustedes me dejan la llave y me pagan bien tempranito mañana, ¿eh? –levantó el plato, los cubiertos, la servilleta y se fue bostezando hasta la puerta del ascensor.

-Vamos por la escalera; total, es en el primer piso. Te muestro dónde es y bajo para ver si llega el tipo.

Subimos y en la oscuridad y el silencio del pasillo tropezamos con un sollozo contenido pero que se recortaba allí con nitidez alarmante. Nos precipitamos hacia la luz y vimos a Poli sentada en el piso, con la cara entre las manos, el pelo revuelto y apenas cubierta con una bata. Nos miró con los párpados henchidos de ira, los ojos enrojecidos que mostraban esta vez la vida de la sangre, el apasionamiento interior que ningún otro color podría ocultar. Nos arrodillamos a su lado y ella balbuceó entrecortadamente:

-Lo ahogué... Lo ahogué... Me tienen que ayudar.

Apenas se calmó un poco, Poli nos dijo que teníamos que irnos, buscar las llaves del destartalado auto de Lucio e irnos. No había tiempo para explicaciones y aunque nos llamó la atención que el cuarto de Lucio estuviera desocupado, entramos y revolvimos desesperadamente todos los rincones hasta que las llaves aparecieron. La Negra sugirió un largo viaje hacia el norte, quería ver a sus hijos, entonces, la razón que precipitaba la huida se dulcificó. Por primera vez desde que inicié mi viaje me sentí segura de algo, estaba firme y el frío había desaparecido, quería estar con mis compañeras porque sabía que nos necesitábamos.

Una vez en nuestra habitación acomodamos la ropa en unos bolsos mientras en el colchón del piso estaba tirado, como un pelele, un hombre desnudo cuyos ojos abiertos ya no nos miraban.

Bajamos, tiramos todas las llaves del hotel sobre el mostrador y salimos sin mirar siquiera por última vez el lugar que abandonábamos. Cargamos los bolsos en el auto y partimos. Poli temblaba todavía cuando nos contó lo que había pasado.

-Me mintió. Me mintió como siempre. Había un sólo cliente y era para mí. Los dos desgraciados se despidieron con la mejor de sus sonrisas y ni había cerrado la puerta de nuestra pieza cuando los vi pasar como tortolitos, a los besos y los abrazos...

Desesperada, sintió que la atravesaban lanzazos de odio, el abismo de la traición. El infeliz que la esperaba adentro ya se había preparado. Si le hubiéramos visto la cara, esa expresión de placer por anticipado, de omnipotencia. Era la misma cara que tenía Lucio. Se acostó con él y sus manos buscaron su garganta. Aún en la agonía la miraba sin comprender qué le estaba pasando, tan seguro de sí mismo.

Ahora estamos en una estación de servicio, en la ruta; juntamos toda la plata que teníamos y ya veremos hasta dónde llegamos. Estamos seguras de que podemos arreglárnoslas solas. Poli fue al baño, la Negra habla con la empleada después de hacer el pedido y yo volví a mis papeles que no pueden explicarme lo vivido.

La serpiente de la ruta se despereza enfrentada por nuestras miradas vigilantes, en un amanecer de aves madrugadoras y pastos iguales. Adelante, un día futuro tan vacío como mis palabras. Sólo nosotras lo completaremos y aún no sabemos cómo.

El pacto

-Decíme, vieja.- Eduardo abrió la puerta de la habitación interrumpiendo la tarea de la madre.

-¿Sí?- el fastidio se hizo evidente en el tono de voz. A ese ritmo, nunca iba a terminar con el proyecto y la empresa ya había fijado la fecha de entrega. Mientras esperaba que su hijo preguntara de una vez, vio cómo el espacio de la pantalla se extendía ante sus ojos hasta hacerse inmenso. Cerró los ojos y vio centellear miles de lucecitas blancas, azules, verdes. Tenía mucho trabajo para hacer.

-¿Por qué todavía no vino la mina ésa?

-¿Juliana? –No entendió la súbita preocupación de su hijo y lo miró sorprendida.

-Sí, ya son las doce y mi pieza es un quilombo.

-Acomodá algo vos; total, hasta la noche no salís con tus amigos. Aprovechá las vacaciones para hacer algo más que holgazanear, ¿querés?

Eddie levantó una silla y la acomodó al lado de la de su madre. Ella lo miró enternecida: por primera vez en mucho tiempo parecía estar interesado en algo. La adolescencia había hecho estragos en su personalidad.

-¿Sabés? El viernes a la noche antes que vos llegaras la llamó un tipo por teléfono. Atendí yo. Re-educado el tipo. Voz de locutor, tenía. Cuando le pasé el teléfono se puso nerviosa y se fue hasta el rincón de la cocina. Con el ruido del lavarropas apenas alcancé a escuchar que se iban a encontrar hoy. "Bueno, el lunes a las nueve", dijo ella. ¿Tiene familia, la mina?

-Creo que no, hijo. ¿Qué bicho te picó?

-Ayer ella podía haber salido y estuvo en su cuarto todo el día.

-¿Cómo sabés si nosotros fuimos al campo?- Andrea no veía la hora de terminar de una vez con esta conversación sin sentido, el trabajo no podía esperar.

-Me dijo Vivi. Llamó varias veces y siempre atendió ella. Fijáte que a la noche cuando llegamos tenía la luz prendida. Yo la vi. ¿Será el novio?

-¿Quién?

-Ése que llamó. ¿Cómo se les ocurre salir el lunes a la mañana? Están locos. Decí que no la vi cuando salió. ¿Qué se había puesto? Mirá que es *media* bagayo. No creo que le resulte fácil conseguirse un tipo.

"Me extraña que no lo tenga", pensó Andrea. Se acordó del día en que la habían mandado de la agencia. Tenía un aspecto desvalido, pero se reveló en la conversación como una mujer con convicciones fuertes. Estaba segura de poder hacerse cargo del manejo de la casa y de soportar los despropósitos de dos adolescentes. No discutió el sueldo, aunque a ella le iba a pagar menos que a la muchacha anterior; sólo reclamó una hora menos de trabajo diario. Era joven y tenía modales delicados, no parecía una empleada doméstica.

Finalmente, todos debieron acostumbrarse a cenar una hora antes de lo habitual. Incluso Andrea comenzó a salir del estudio más temprano hasta que se convenció de que ésa era la única forma de madrugar sin problemas cada mañana. Ahora parecía increíble pensar cómo su voluntad y su decisión que siempre la habían ayudado a sobrevivir, en especial desde que estaba sola con sus hijos, no habían intervenido en este cambio que los había ayudado a organizarse. Un detalle llegado de afuera, casi imperceptiblemente, que la había llevado a dejar de llamar a la noche para avisar que no iba a estar a tiempo para la cena. Otra mujer en su casa, pero esta vez era diferente; la preocupación de su hijo le indicaba que esa presencia era algo más que un detalle de organización, algo más... Era muy extraño que Eddie ya no le preguntara por su novio, sino por el de Juliana.

Era verdad lo que decía el chico, la muchacha no salía el sábado ni el domingo, se quedaba en su cuarto. A las ocho y media, los días de semana, ya se encerraba allí, pero la luz seguía prendida muchas veces hasta la madrugada.

Una noche, Andrea se levantó sin encender la luz. Iba a la cocina, pensaba tomar una de esas pastillas que el médico le había recomendado. Tanto trabajo ya ni siquiera la dejaba dormir cuatro horas seguidas. Como siempre que pasaba por estas rachas, se quedaba dormida casi cuando se tenía que levantar. Primero vio la luz del baño encendida; después escuchó el ruido del agua que corría. Juliana estaba allí mirándose al espejo, como reconociendo en él cada uno de sus rasgos y aun cuando la vio llegar, no la miró, bajó la cabeza y sus manos, las uñas cortas, sin pintura, la piel suave, a pesar de todo, juntaron algo de agua y mojaron la cara. Era agua fría. "Ésta que se quiere despabilar y yo que no me puedo dormir. En fin, Dios le da pan...", pensó.

-¿Usted no sale nunca, Juliana? Ya sabe que mañana no la necesito.

-No me interesa, señora.

-No le vendría nada mal despejarse, encontrarse con alguien. ¿No tiene novio?

La joven sonrió antes de contestar, se dio vuelta y tomó la toalla. La volvió a su lugar después de secarse la cara. Andrea la miró. La bata ceñida en la cintura, el pelo sobre los hombros, los ojos. Esos ojos eran los que le daban tanta firmeza a su expresión. Indudablemente, una bella mujer.

-No, señora. Un hombre me complicaría la vida. ¿Se imagina si, además, en esa ceguera del amor se me aparece el fantasma de la madre?

-¿Cómo?- Andrea pensó que alguna de las dos estaba un poco loca.

-Sí. Si empiezo a pensar que es cierto lo que me dijeron siempre porque me lo dice alguien en nombre del amor. "Tengamos hijos". Es una necesidad fantasma. El amor aparece y nos da tanto miedo enfrentarlo que aceptamos todo hasta el día en que se esfuma sin saber hacia dónde ni cómo se fue.

-Tener hijos es la aspiración más normal del mundo en cualquier mujer.

-Eso es lo que siempre dijeron. Yo no lo creo. Aunque si la tranquiliza saberlo, sí, tengo un amor del que ocuparme. Es fiel eternamente, no es un fantasma. Buenas noches, señora.

Andrea se corrió un poco para dejarla pasar ya que había dado por terminada la conversación y la miró caminar por el pasillo. Esa noche, con pastilla o sin pastilla, no podría volver a dormirse. Nunca volvieron a hablar del tema, hacía de esto ya tanto tiempo que lo había olvidado. Ahora, su hijo se lo recordaba. Para ella, entender qué estaba pasando por la vida de Juliana no tenía demasiado sentido. Siempre se habían llevado bien, si llevarse bien es no tener ningún inconveniente en la relación laboral. Más no podía pedir.

Sonó el timbre y ambos escucharon cómo se abría la puerta que daba a la calle. Aunque tenía las llaves, siempre se anunciaba antes de entrar en la casa. Eddie saltó de la silla y corrió al pasillo. Esa noche no salió con sus amigos. A la mañana siguiente, se despertó temprano; claro, no había trasnochado. Sus hermanos dormían y su madre ya estaba en la oficina. Escuchó detrás de la puerta los pasos apretados de Juliana que salía para el supermercado. Cuando se aseguró de que ya había salido, fue a la cocina. Buscó las llaves del cuarto de la muchacha. No estaban por ningún lado. Estaba decidido a averiguar por cualquier medio. Consiguió en un cajón de la cocina un alambre que usó para abrir la puerta como lo había visto en las películas. "Con la televisión se aprende bastante. Que los giles digan lo que quieran. Estas cosas no te las enseñan en el colegio."

La luz que entraba por la ventana contrastaba con la oscuridad impregnada como un hábito a las paredes del pasillo y lo obligó a entrecerrar los ojos. Acostumbrándose al reflejo, empezó a observar el orden y la disposición que tenían los objetos. Nunca se le había ocurrido pensar -o por lo menos, no lo recordaba- que en ese lugar hubiera un escritorio. Una muñeca antigua y un almohadón sobre la cama tendida; una pila de hojas en blanco y un portalápices repleto de lapiceras, gomas y todos esos elementos que él nunca llevaba al colegio, sobre el escritorio. También una pequeña lámpara que parecía una vela esperando ser encendida, poco antes de la liturgia. Todo dispuesto como sobre un altar, acomodado prolijamente. Faltaban horas para que el ritual nocturno empezara. Recordó vagamente la última vez que había asistido a una celebración en la parroquia. Todavía era un niño; sin embargo, no la había olvidado. Las imágenes que una vez se habían grabado en sus ojos y en sus oídos se iluminaron como si estuviera verdaderamente en aquel lugar y volviera a ser el pequeño fascinado por la inmensidad sacramental, el eco, la música y la presencia eterna y conjuradora del que oficiaba el sacrificio.

Se sacudió la pertinente reminiscencia y comenzó a hurgar en los cajones del escritorio; allí encontró cosas que lo dejaron aún más perplejo.

-¿Necesitás algo?- la voz de Juliana sonó en la puerta de la habitación.

-Nada, nada.- Casi la empujó cuando salió atropelladamente asustado por haber sido descubierto. ¿Quién había descubierto a quién?

La joven no hizo esa noche, mientras servía la cena, ningún comentario sobre lo ocurrido y aunque el chico estuvo más inquieto que de costumbre, su madre no notó nada.

La noche olvidó en los pasillos rendijas de luz bajo las puertas. La presencia laboriosa, peligrosa, de la mujer se filtraba por allí. Por eso, Eddie pasó cauteloso frente a la puerta de Juliana, las puntas de sus pies no tocaron sino la sombra pegada a las paredes. Despertó a su madre que insinuó una queja y se sentó en la cama.

-Son las dos, Eddie, por favor.

-Ya sé. Hablá bajo que la loca todavía está despierta. Escucháme bien. Tenés que hablar con ella. Anteayer a la mañana, cuando volvió estaba re-bien vestida.

-¿Qué tiene?

-Tiene que ayer entré en su pieza para averiguar y me pescó.- Había pensado mucho la forma en que iba a confesar la travesura a su madre, pero nunca había imaginado que iba a ser así. -Anda en algo raro, esa mina. Tiene el escritorio lleno de papeles y en los cajones hay libros y hojas escritas.

Andrea se sorprendió por la audacia de su hijo y ya estaba preocupada. Decidió hablar con Juliana más que nada para tranquilizar a Eddie. Era bastante extraña la reserva de la muchacha, pero más llamativo aún era el impacto que había causado en el chico el descubrimiento. Después de todo, no era nada del otro mundo, papeles escritos. Andrea trató de hablar de otras cosas con su hijo, apagó la luz y lo abrazó fuerte. Como cuando era chiquito y estaba asustado por alguna razón -"Mami, el 'mosto' me comee", decía-, se metía en la cama con ella y se dormía enseguida, escuchando la voz de la madre. Por aquella época de la niñez de Eduardo, que parecía tan lejana, se quedaba dormida a traición, agotada por el esfuerzo de esperar al esposo como si fuera un visitante extraño siempre ocupado con su trabajo o con diversiones de distinto género. Ella tenía dos tesoros: su príncipe mayor destronado, su Eddie y el recién nacido a quien amamantaba sentada en el borde de su cama hasta que el desmayo del sueño la robaba del cansancio cotidiano. Tantas veces y ya hacía tanto tiempo que casi lo había olvidado, Eddie había llegado a buscarla y la encontraba durmiendo con el hermanito en brazos. El pequeño le contaba sus temores y ella acomodaba al bebé y le permitía quedarse con ellos; después inventaba alguna historia para contarles y los abrazaba hasta que la sombra del miedo desaparecía. Esa noche, el chico buscó a su madre con desasosiego infantil y se durmió seguro, amparado.

Ella aprovechó el momento para levantarse y fue a tientas hasta la luz del pasillo, golpeó suavemente, con miedo, la puerta de la joven. Abrió enseguida. La cama, sin deshacer; sobre el escritorio, un cuaderno y una lapicera. Estaba escribiendo.

-Buenas noches, señora. ¿Qué necesita?

-Quiero hablar con usted sobre mi hijo. Discúlpelo. Sé que lo vio ayer revisando sus cosas. Mucha televisión, ¿sabe? Imagina más de lo que ve.

-No hay problema, señora. No es el único. La imaginación es fuerza, impulso, es un dios que merece ser reverenciado. Pero él está confundido, imaginar no es repetir lo que se ve con los ojos, sino mostrar un paisaje escondido muy adentro.

Andrea empezaba a comprender, no entendía cómo durante tanto tiempo había estado ciega ante tanta revelación apenas encubierta.

-Me encuentra trabajando.

-Pero su trabajo...

-Mi trabajo es escribir. El lunes dejé en la editorial un manuscrito.

-¿Por qué, entonces, no se dedica sólo a eso?

-No me haga reír. Yo no soy arquitecta. Necesito una ocupación que me permita vivir la pasión que quiero. Seamos honestas, usted me necesita a mí y yo, a usted.

-¿Qué le doy yo? ¿Dinero? –La inundó una oleada de indignación porque esta vez se sintió usada por quien menos lo esperaba.

-Me da mucho más que dinero. Acá no soy responsable por las cosas *importantes* de la vida; la educación de los hijos, el amor o el interés de un hombre son deberes que no me quiero imponer. Y usted me da el espacio y el tiempo para que esos deberes no se me impongan. Tengo mi lugar, pagado con mis labores diarias, que de otro modo no tendría. Veámoslo como si fuera usted mi mecenas. ¿Qué dice?

Ciertas conductas instaladas en Andrea desde siempre, tan naturales de tan antiguas que eran, se sacudieron brutalmente. Sintió tambalear su situación tan organizada, su visión única del mundo, su norte, sus éxitos, sus mandatos. De pronto, pudo ver el cuarto completo, el pequeño cosmos diferente, tan metido dentro del suyo y tan lejano a la vez, pero la luz le dolió en los ojos y en el alma.

-Hasta mañana, Juliana. Siga trabajando.

El enemigo

A Héctor G. Oesterheld

Salió de su casa y esperó unos segundos antes de cerrar la puerta. ¿Valdría la pena usar las llaves? Nada había allí que lo sujetara, nada útil ya en la cotidiana comodidad. Sabía que era un privilegiado, aunque no esperaba que nadie lo recompensara a cambio de todo el tiempo invertido en aprender y de lo que (incluso para ayudarse a sí mismo) estaba a punto de hacer. Miró a su alrededor y no observó ninguna señal de vida.

Había estado investigando durante muchos años antes de que su libro fuera publicado y había llegado a la aparentemente paradójica conclusión de que la supervivencia dependía fundamentalmente de la fuerza de la razón; una especie de supervivencia intelectual que sólo podría llevarse a cabo en el grado supremo de la evolución. ¿Qué pasaría, entonces, con las otras especies no racionales? Dados los progresos obtenidos ya no eran imprescindibles; no sobrevivirían.

Apuró el paso sabiendo que debía buscar a aquellos, no muchos, que, preparados como él tuvieran en sus mentes la capacidad y sobre sus cuerpos, la fuerza y los elementos necesarios. Frío atroz y desolación. Edificios intactos, pero cuerpos inertes por todas partes. ¿Estarían vivos? Casi no era necesario confirmarlo. Aquellos que no hubieran tomado las precauciones inevitables no merecían seguir viviendo. Pensó en un traje como el suyo puesto sobre otro cuerpo cuya mente no valiera un milésimo de la suya. Ese traje y las armas eran sólo herramientas; debía contarse con la resistencia física, pero el verdadero valor tenía otro palacio de residencia. Cuando había escrito su libro ya había considerado la necesidad de las armas. La paranoia de destrucción que se habría apoderado del hombre podría haber atrincherado a algunos dentro de sus casas. Ese león enjaulado atacaría y él tendría que defenderse.

Asistió a la consagración de sus investigaciones como las únicas, aun cuando no probadas, posibilidades. Supo de la circulación de su texto por diversos ámbitos (especialmente académicos), pero nunca tuvo una cabal idea de cuántos y cómo lo habían leído. Tenía la esperanza de que fueran, al menos, una cantidad suficiente y de que hubiera sido bien interpretado.

Buscar a una mujer no era lo primero que debía hacer, aunque reconocía que, una vez rastreado el terreno, evaluadas las condiciones, *la mujer* debía encontrarse. Éste era un flanco débil de su teoría: probablemente ninguna hubiera podido acceder a semejantes abstracciones, ni tampoco -¡esos frágiles cuerpos!- a la conmoción acaecida pocas horas antes.

Interrumpió su camino cuando escuchó un disparo. ¿Un león en su jaula o una mente y un cuerpo privilegiados y fuertes? Se agazapó y esperó. Sí, desde adentro del edificio más cercano, alguien volvió a disparar. El león. Su traje lo protegía de los disparos de armas de bajo calibre, tan poco poderosas y tan diferentes de las que él llevaba; entró en el edificio y un hombre joven (tal vez tan joven como él) le apuntaba. Supo que no tenía opción. Aquel hombre tras el milagro casual de haber sobrevivido, llegó a la negación de la otra fuerza; la mente no había sido capaz de manejar esa situación extrema. El tipo sólo disparaba balas y palabras. Imprecaciones. Maldiciones. La ira enfrentada a la racionalidad. Nada que hacer. Un tipo que no sirve. El cuerpo del otro quedó allí. El león vencido.

Posiblemente en su ciudad no hubiese más que animales enloquecidos. Buscó el camino más corto para llegar al centro de sistemas del lugar. Era el siguiente paso. Allí el cartel en la entrada estaba incólume, tal como el día anterior lo había estado: Centro de Investigaciones Operativas. Fue bastante difícil entrar. Saltó y pateó, observó rostros irremediablemente.

Los equipos estaban en funcionamiento. Así habían quedado. Los mensajes en las pantallas se habían enviado con inmediata posterioridad al desastre. Cada una de las señales llevaba al iniciarse la fecha y la hora de la emisión. Contactarse, conocer el lugar desde dónde se escribía y podría confirmar la esperanza. Los primeros mensajes que leyó eran absolutamente desesperados, tanto como los gritos de los náufragos ante la evidencia de lo imposible. No eran esos los leones con los que debía comunicarse; allá ellos si no tenían trajes, armas, comida, bebida, capacidades que los hicieran merecedores de un futuro.

Después encontró la flor en el desierto, una leyenda mesurada que se limitaba a dar lugar, una hora y un nombre. No pedía ayuda. Se buscaba el encuentro. Por fin alguien como él esperaba. No se tomó el trabajo de contestar porque quizá el sobreviviente ya estuviera en marcha hacia el destino fijado. El Edificio Militar donde debía dirigirse estaba cerca de allí y él supuso que esa mente privilegiada pertenecía a algún grupo del Ejército. Pensó con asombro en un alcázar amurallado que tras larga y penosa resistencia se rendía ante el poder soberano de la eterna diosa de la razón. Con esta reflexión y prácticamente sin querer, oposiciones casi tan antiguas como la existencia humana, los lugares de la dama asediada que se entrega y del caballero que emprende, que impone su poder en una batalla desigual, se habían invertido; de pronto habían adquirido otro significado.

Cuando estuvo en el lugar, sintió por primera vez un miedo extraño, visceral, profundamente humano: era muy probable que el otro estuviera mejor armado que él. Una sombra gigantesca tras la puerta de entrada acrecentó sus temores. Tenía todas las de perder. Ahora, ¿qué era lo que podía perder él mismo? Le pareció intensamente lejana la posibilidad de demostrar sus teorías devolviendo a la humanidad el lugar que alguna vez había tenido. Aunque no era egoísta consideró que su muerte provocaría una profunda pérdida; la desaparición física no representaba nada comparada con la falta de anclaje de su conciencia. Sin embargo, debió reconocer que no estaba dispuesto a morir sin asegurarse antes alguna especie de eternidad, de continuidad. Rodeado por su creciente desesperación, entendió que su valor supremo dependía, más de lo que había supuesto, infinitamente más, de un conjunto de necesidades materiales, de un cuerpo anhelante que comenzaba a experimentar el temblor de la incertidumbre. Si pudiera estar seguro de haber sembrado su semilla con eficacia...

Las certezas flaqueantes hasta hacía unos momentos cobraron nueva fuerza cuando enfrentó al otro real, cuya estatura era bastante menor que la suya propia. Junto a los primeros miedos crecieron otros, quizá más acuciantes, más agudos, que le impedían pensar en una humanidad futura de inteligentes seres desvalidos físicamente. Este hombre parecía no servir para ayudarlo a buscar a los demás y, menos aún, para ser uno de los nuevos padres de la raza humana.

Se midieron a la distancia, a él le pareció que el otro escondía algo en su mano. La penumbra y el frío nublaron su vista. Como un autómata ciego, empuñó su arma y el disparo retumbó en el espacio repleto de muerte. Se acercó despacio y lo vio yaciente entre los demás. Con cautela, todavía asustado, alcanzó a quitar el casco y el protector del rostro enemigo. Era una mujer.

El encuentro

Eva miró el reloj. Todavía le quedaba algo de tiempo para prepararse. Había quedado con una amiga de la facultad de encontrarse en la entrada del estadio. Se vistió cuidando los detalles, debía llevar un jean y zapatillas, sería muy desubicado ir con zapatos, ni hablar de los tacos o las polleras que quedaron definitivamente descartados en cuanto había recibido la invitación. No estaría mal, con todo, maquillarse un poco.

Algo fastidiada desde el momento en que había caído en la cuenta de que ese día, que era feriado, perdería su clase de teatro, empezó a notar que las cosas no le salían como ella había esperado. Amaneció lloviendo y la humedad se deslizaba pegajosa por cada centímetro que ella tocaba. Las sábanas, casi frías, el cuarto de baño, los azulejos después de la ducha y esa pugna insoportable e inútil contra el vapor en el espejo que parecía destruir su imagen y la volvía borrosa, casi desconocida. Ya era tarde y entendió con horror que todo el esfuerzo que había realizado con su cabello carecía de sentido, ahora que sus rulos se empeñaban en volver caprichosamente a su lugar, favorecidos más por las condiciones naturales y meteorológicas que por la insistencia mecánica del cepillo.

Maldijo haberse comprometido con Silvia. La había convencido de que tenía que empezar a participar en las actividades propuestas por el centro. Esa militancia perseverante de su amiga la descolocaba; por momentos, sentía que era una pérdida de tiempo, a veces, la veía en su entusiasmo y la envidiaba.

Una vez en la calle tuvo que esperar mucho tiempo el colectivo. Otra vez esa llovizna pertinaz jugó con su pelo... todas las formas del agua que conspiraban. Cuando alcanzó a sentir mojados sus pies y sus piernas, el auto ya había pasado veloz, insensiblemente la bocacalle siguiente. ¡Qué estúpida! ¡Pararse tan cerca del cordón!

Día del Trabajador... Día del Trabajo... ¿Los colectiveros son trabajadores que no trabajan este día? No deberían hacerlo ¿o sí? Empezaba a sentir frío cuando lo vio aparecer, ahí en la esquina dando la vuelta cansadamente, pidiendo permiso a los charcos, como conversando con el pavimento en una caricia prohibida para los días hábiles y trajinados.

El viaje resultó previsiblemente más largo de lo esperado; lentos pasaban los árboles en la cuna del viento, lentos los carteles y los nombres de las calles. Afortunadamente, esto la favoreció. Pudo bajarse en la parada correspondiente. Siempre le pasaba que o seguía de largo o, asustada y ansiosa se bajaba antes. Una vez, tal era su apuro, había tomado el colectivo que la llevaría exactamente en el recorrido inverso. La realidad era para ella como un mensaje cifrado que le resultaba tan ajeno, un espejo empañado.

Tuvo que caminar varias cuadras y preguntar un par de veces para orientarse. Grupos ruidosos, fluctuantes, inestables que se desplazaban en el mismo sentido que ella le indicaron que iba en el sentido correcto. Su amiga no estaba en el lugar acordado, se apoyó contra una pared y vio entrar gente, escuchó gritos, estruendos, desaforadas percusiones de una agresividad inaudita, se hundió en la angustia y un mohín de nena consentida asomó en su cara lavada de lluvia. Ya estaba allí, nada ganaba con llorar, volverse a su casa, llamar por teléfono a Silvia y dejarle una puteada grabada en el contestador; se merecía que la puteara personalmente. Tenía que encontrarla.

Adentro, el infierno era absoluto. Altoparlantes que promovían la unión de los trabajadores y los desocupados, percusionistas transpirados de esfuerzo, humo de choripán pegado en los rulos húmedos, vasitos descartables que llevaban un café de apariencia poco tentadora, en especial, cuando los veía pasar haciendo equilibrio cerca de ella. Se sentó en una grada, lo más lejos posible del puesto de comidas que le había provocado un sudor de náusea y miró, miró y miró para encontrar a su amiga. Imposible estabilizar la vista en una sola de las personas que hormigueaban febriles. Vio el escenario, tarima improvisada en el centro del estadio y las banderas rojas colgadas. Subió una chica que leyó algunos mensajes de adhesión y presentó al primer orador. Desfilaron por la tarima un segundo, una tercera, un cuarto hablando todos contra los mismos y exaltando el valor y la fuerza de los allí reunidos.

En el vaho de humedad que la rodeaba, agobiada por la decepción y enfrentada a verdades vistas como por primera vez, lo vio subir en medio de los gritos y los aplausos. Su palabra encendida y su actitud convincente le hicieron pensar en que parecía el alumno más aventajado de su clase de teatro. Abandonó inmediatamente esa idea por absurda, la vehemencia del joven venía desde más allá de cualquier impostura. Hablaba con la segura firmeza del que sabe que las palabras no son ideas, sino realidades, manifestaciones de hechos ciertos y posibles. Era un hombre. Transpiraba su fiebre y su hambre de verdad en su cuerpo y sus palabras. Su camisa a cuadros no lograba esconder su generosa fuerza tensa. El primer hombre. El Adán que sabía cómo volver al paraíso. Su voz transmitía la seguridad que sentía en sí mismo y en aquello que decía. La opacidad del lenguaje, la vulgaridad de la demagogia discursiva, el grito exasperado, la queja insolente pero incapaz habían desaparecido.

Había parado de llover y el aire se respiraba fluido, limpio. La cifra del espejo empañado se había iluminado con un reflejo que aclaraba las imágenes del mundo. Vio a Silvia a un costado de la tarima conversando con el hombre. Se paró en las gradas, sacudió su brazo en alto y la llamó.

-Vení que te quiero presentar a alguien. –dijo la amiga recuperada en cuanto la escuchó.

Se abrieron paso hacia ella no sin dificultad que imaginó eterna en el tiempo.

-Nena, ¿dónde te habías metido? –no esperó que le contestara.

Aspiró el perfume del varón que se le acercó, acompañando a su amiga, y la besó en una cercanía vertiginosa.

-Hola, yo soy Juan.

La palabra, esa maravillosa música que ahora descifraba la realidad, la imagen repuesta en el espejo, la respuesta. Eva miró sus pantalones mojados y sintió que llevaba consigo algo de esas verdades antes molestas, oscuras, incomprensibles. La lluvia, el sol, los que eran como ella, los que estaban como ella, por fin todo formaba parte de su mundo ahora.

¿Tuviste alguna vez impulsos asesinos?

Esta no es una historia de amor, es casi una historia...

Aunque ella siempre supo que allí había una herida, dejaba que pasara el tiempo como la mejor medicina que pudiera esperarse. Todo lo cura el paso del tiempo. Esa tarde un hedor de vinagre le vino a recordar que todavía dolía. Y cómo...

Sentados leyendo como tantas veces al rumor placentero de las hojas y el vaivén de los renglones que ella caprichosamente empezó a sentir desordenados, escucharon un saludo amigable de voz femenina. Estaba parada al lado de su silla pero miraba a su novio. Cuando él se la presentó un temblor apenas perceptible en su voz le indicó sin lugar a dudas que era la otra, la de antes. En apenas unos minutos en los que hablaron de su presente laboral, ella tuvo sobrado tiempo para recordar confesiones y pasados. Entrecerró los ojos y escuchó que era menos obediente que su prima, más caprichosa que su amiga y bastante más egoísta que alguna compañera. Ahora era más agraciada que la otra. Efectivamente, era una vieja tilinga que parecía haberse pasado el día entero en la peluquería, el pelo rubio y planchadito. Se odió cuando le filió el aspecto a la casi desconocida: ojos claros, expresión oscura, superadísima, cartera al hombro, remerita a la moda, una cámara de fotos al cuello. Estaba haciendo consigo misma lo que las personas que amaba le habían hecho y aunque el balance fuera positivo, no podía soportar la idea de la comparación porque sabía que nunca la suma de datos, cualquiera sean ellos, alcanza para completar la idea de una persona.

Revolvió el café amargo con su cucharita, con la mente vacía de todo sentimiento por unos momentos interminables.

Una noche romántica, una temporada de placer, una mujer maravillosamente enamorada que prodigó su ocio y su saciedad con generosa entrega hablaba al otro lado de la mesa. Quisiera haber estado sorda al eco del pasado, ciega a las comparaciones favorables, transportada a unas antípodas narcóticas que le evitaran el sufrimiento. Sin embargo, sonreía estúpidamente mientras sus uñas marcaban ahora la página del libro que había estado leyendo. Su vitalidad se desvanecía ante cada palabra de la otra. Deseó con todas sus fuerzas que enmudeciera. O estar muerta. O nacer de nuevo. O borrar ese pasado que, cuando adquiere relevancia, quema en su propia fugacidad al instante presente.

Le hubiera gustado convertir en pedazos sin significado ese tiempo que acababa de despedirse. La saludó con una diplomacia tal que se desconoció y sorbió un trago de la hiel de café que ya se había enfriado en su taza. Tragó con asco mal disimulado y tocó a su compañero, cuya mano parecía prever el vendaval que se avecinaba.

Después de la tormenta, la herida permaneció abierta. Volver a mostrarla sería cometer un error quizás insalvable. Otra vez se dispuso a dejar que pasara el tiempo, rogando que el vinagre se mantuviera a distancia.

"El mundo es un pañuelo", le había dicho una vez su madre; en especial, cuando es uno mismo el que borda o el que restaña los remiendos. Él estaba constituido por su pasado, era su pasado y, sin lugar a dudas, ella también. Su afán de destrucción no podía alcanzar, no debía alcanzar el espacio del otro, ese espacio era inalienable. Pensó "A cada quien su propio pañuelo y sus propias lágrimas". Sólo tenía derecho sobre sí misma. Una tarde, la herida se hizo insoportable y bebió otra hiel, última y feroz, que la curó para siempre del dolor.

La musa

"El hombre no se doblega a los ángeles, ni cede por entero a la muerte, como no sea por la flaqueza de su débil voluntad."

"Ligeia", Edgar Allan Poe

Había decidido que esa noche iba a ser para él. Más bien para su trabajo. Y aunque previera que tal vez pasara su tiempo llorando en un intento vano por curarse, prefirió quedarse solo por primera vez en bastantes meses. Se había aturdido de amigos, reuniones, cenas, llamadas telefónicas de personas intrascendentes, salidas casi vulgares en las cuales ya no había demasiado para decir, en un olvido voluntario de su dolor.

No le gustaba escribir en la computadora, las letras le bailaban ante los ojos en saltarinas líneas pintadas de negro que se empeñaban en confundirlo y distanciarlo de las ideas que ocupaban su mente. Tener la lapicera entre los dedos y acariciar el papel enamorado de sus palabras era una sensación más vital, un placer secreto de orfebre con su joya. Sería un gran alivio retomar la escritura, podría demostrarse que nada de lo que había sido se había extinguido con la desaparición del amor.

Vio por la ventana de su cuarto que el plomo del cielo se descargaría furioso de un momento a otro.

El aire estaba irrespirable. A pesar de todo, y sabiendo que debía dejar de fumar, encendió un cigarrillo y abrió las ventanas. Las cortinas corridas e inmóviles parecían desmayadas mortajas de luz recortadas sobre el fondo oscuro del cielo. Ante esa página en blanco experimentó la angustia de la falta, del vacío que lo rodeaba desde que ella lo había abandonado. Lloró por primera vez en bastante tiempo, estrujó uno y otro pañuelo de papel como si fueran las hojas vacías del libro que no podía terminar de escribir. Apagó el cigarrillo y no podía pensar en nada que no fuera sentir. La frente apoyada sobre el escritorio, el pelo revuelto, sus aguas amargas de recuerdo y el movimiento ligero, prácticamente imperceptible de las cortinas. Luces lejanas empezaron a serpentear el campo del cielo y pudo tomar la lapicera y pudo ver en el papel el primer fulgor de su antiguo brillo.

El timbre sonó imperioso, urgente. Ella entró con su huracán de palabras y su desenvoltura quejándose de la tormenta que comenzaba, rápida porque temía mojarse e irreflexiva en su invasión. Traía comida para la cena, dijo estar preocupada por él, sobre todo porque no había atendido el teléfono en todo el día, aunque ella había insistido tanto que hasta llegó a hablar con ese contestador desaprensivo. Aunque él explicó sus propósitos para esa noche, la mujer no cejaba en su insistencia: debían sentarse a comer.

Él se dio cuenta de que era un error, ella era un error en su vida, una interrupción alocada de olvido y, sin embargo, no era el momento para decírselo. Había deseado que se fuera. Firmemente le hizo comprender que recién empezaba a escribir, que no quería comer, que lo hiciera ella sola... si todavía le apetecía. Los relámpagos se acercaban. Cuando él volvió a su escritorio las palabras lo arrullaron desenvolviéndose mansas sobre la hoja, a pesar de la mariposa nocturna que lo rondaba como a una luz que la consumiría en su inconsciencia. Lo rodeó en un ignorado rumor de compañía que se agotó tan bruscamente como se había iniciado. Las mortajas blancas del sueño ya volaban sobre la cama en que la joven descansaba respirando profusa, tranquilamente.

El cielo morado desplegaba sus fuegos en un éxtasis de atronador esfuerzo. Sudoroso y exhausto vertía los relámpagos negros de su pasado dolor que se le ofrecían esplendorosos y múltiples. Ahora no estaba solo, lo sabía; todo había vuelto a ser como antes y ella estaba de nuevo con él, ocupando sus pensamientos y guiando su mano. La tormenta entró violenta y él no se preocupó por cerrar la ventana. Las perlas del agua iban coronando su trabajo cuando el viento las convirtió en sus compañeras. Alejado de toda realidad que no fuera el sufriente torbellino en que temía ahogarse, nadaba hacia el final inescrutable y maravilloso de su arte sin escuchar la respiración entrecortada de su otra compañera de cuarto.

La mañana se ofreció limpia y nueva como si el mundo hubiera comenzado. Se descubrió durmiendo sobre el escritorio en un doloroso movimiento de sus músculos. El agua había regado su habitación como su tinta y sus lágrimas habían cincelado una joya, caótica, desmesuradamente. Se acercó a su cama y observó con horror a la mujer que parecía dormida apenas cubierta por la extensa cortina blanca que había volado, pudorosa, a cubrirla con el paño de la muerte. Le pareció que todavía estaba acompañado y en el cielo lejano, un relámpago saludó, despidiéndose, el final de su obra.

El desvío

Iban en el colectivo atestado de gente malhumorada. Ellas trataban de ubicarse lo mejor que podían con sus carteras y sus carpetas pesadas e incómodas que, de vez en cuando, se enredaban, inmanejables, como si tuvieran vida propia, en la ropa de algún compañero de ruta que miraba a las dueñas de semejantes objetos a punto de explotar en un ataque de ira.

Un supervisor subió al colectivo para indicarle al conductor que debía cambiar su recorrido. Pocas cuadras más adelante, un grupo de manifestantes había cortado el tráfico. Como todos los días de los últimos tiempos, mucha gente realizaba protestas callejeras.

-Deberían presentar un fixture de movilizaciones. –comentó Patricia al ver que el colectivo se desviaba para tomar una calle que estuviera libre.

Atravesar una cuadra les llevaría un tiempo infinito; cada cambio de semáforo que se producía sin avance, aumentaba el malestar de los pasajeros. Algunos decidieron bajarse.

-¡Qué increíble! –dijo la otra. –A este paso no llego nunca al otro colegio. Me pasa todos los días.

La calle era un infierno de ruido, golpes con cualquier objeto contundente contra vidrieras, bancos, cajeros automáticos, bocinazos, bombos, gritos, coros de insultos para los políticos. Arriba, todos miraban sus relojes con impaciencia. Pensó que necesitaba llegar a su trabajo en diez minutos, si no, no cobraría esa suma miserable que representaba el incentivo por presentismo. Sintió bronca. Pasaron cinco minutos inamovibles, eternos. Sintió resignación.

Las dos mujeres se entretuvieron mirando por la ventanilla el dibujo de los carriles vehiculares. Por fin podían mirar hacia adelante porque habían llegado al semáforo (que ya estaba rojo... por supuesto). Sólo faltaba llegar al amarillo... al verde... pero ellas observaban con asombro esas líneas que ya habían perdido toda forma, que se habían convertido en un fantasma de aquel orden recto que indicaba por dónde desplazarse. No... ahora que veían bien, esas líneas amarillas se habían transformado en un zigzag que a veces se entrecortaba, que avanzaba oblicuamente, desviado, subversivo.

-Che, ¿viste las rayas amarillas? –preguntó Patricia mientras cambiaba el pie sobre el cual apoyaba el peso del cuerpo, los papeles, la cartera.

-Sí. –Y como siempre que algo la punzaba, intentó con rapidez buscarle una explicación. Mientras pensaba ensayó una broma algo ridícula. –El tipo que las pintaba estaba en pedo, por eso.

Sin embargo, las dos sabían que no siempre habían estado así, algo había pasado.

-Claro, siempre la misma, vos.

El colectivo arrancó. Un dolor agudo subió desde el pie de Claudia. "Y encima este hijo de puta que me pisa. Odio estos zapatos, es la última vez que me los pongo. Al carajo los tacos y la buena presencia de la profesora modelo", pensó. Patricia le adivinó el gesto de sufrimiento a su compañera e intentó consolarla:

-No te calentés que no vale la pena, ya no llegamos.

-Nosotras que no llegamos y estos otros que ni siquiera tienen trabajo.

Esas rayas, esas rayas...

-Fueron los piquetes. –Un relámpago de explicación cruzó por la mente de Claudia. –Es tan obvio. El alquitrán se ablanda con el fuego, se corre, se enfría y ahí tenés ese lindo dibujito del pintor borracho.

-Ah, claro... ¿Vos vas a ir al colegio? Fijáte que el colectivo está cada vez más lejos.

-No, me bajo en la próxima esquina y llego caminando a mi casa que está acá nomás.

-Yo tampoco voy a ir. Tengo miedo, la calle es un desastre.

Claudia se bajó y caminó las tres cuadras que la separaban de su casa oliendo en el aire ácido el desvío posible. Le pareció un milagro que esas calles estuvieran desiertas, a juzgar por el descontrol que había visto cuando viajaba. Persianas bajas, ni un alma en pena, vidrios rotos. Subió, se sacó los zapatos, se cambió la ropa sudorosa de viaje y encendió el televisor. Todavía zumbaba en su cabeza el último resto de responsabilidad que le quedaba, calculando qué le dirían o qué debería decir ella cuando llegara el lunes al trabajo después de este faltazo. Prendió la tele y las imágenes que vio la golpearon tan fuerte que volvió a sentir bronca. Esta vez no era como la que había sentido en el colectivo. Esta vez la bronca se había desviado. Sentada en el borde de su cama, descalza y en remera, sintió que esos golpes que veía se los daban a ella misma. Decidida, terminó de vestirse y se puso las zapatillas. Salió a la calle. Recorrió los metros que separaban el desierto de su cuadra del lugar en que estaba esa gente que buscaba, que provocaba, que generaba el desvío.

Sus pulmones se llenaron de humo. Vio cómo rompían la vidriera de un banco y salían con la bandera como si fuera un trofeo recuperado de las manos de un tirano. Ahora la bandera era de ellos, parecían decir. Las motos de la policía disparaban, perseguían, golpeaban. Respirar le quemaba, empezó a correr para huir de los golpes y las balas y corrió, corrieron todos a refugiarse en umbrales, calles laterales, donde pudieran. Se sentó en el primer umbral tranquilo que encontró y todavía, a pesar de las lágrimas, podía vislumbrar cómo seguían pasando las motos, cómo seguían corriendo sus nuevos compañeros de ruta.

Cuando llegó a su casa siguió llorando, por los gases, por los muertos, por su inconsciencia perdida, por su conciencia estrenada. Le dolía respirar como les duele a los recién nacidos el aire nuevo del mundo. Se durmió tranquila, como si fuera ése el primer sueño, sin haber alcanzado a quitarse la ropa sucia de ceniza, de polvo, su uniforme nuevo, y sin preocuparse por escuchar el mensaje que había llegado a su contestador mientras estaba en la calle: "Hola, habla Estela. Éste es un mensaje para Claudia. Quería avisarte que las clases del turno tarde se van a suspender para garantizar la seguridad de los docentes y de los chicos. Nosotros ya nos estamos yendo. Espero que estés bien. Cuidáte. Nos vemos el lunes."

La herencia

Sentada en el cordón de la vereda, se secó la frente sudorosa con el dorso de la mano. Hacía mucho calor y el sol del mediodía le quemaba como le quemaba la vida misma. Era el rato que tenía para comer, la interrupción del trabajo por una hora. Sin embargo, el hambre había desaparecido corrida por la preocupación. Decidió caminar un poco mirando algunas vidrieras que la distrajeran. ¿Es que no pensaban hacer nada? Si les dijeron que no pagarían los sueldos atrasados. Además, desde hacía una semana que no aportaba ninguno. Desaparecieron casi todos. Ella, en la oficina, parecía una privilegiada. Pero eso no cambiaba nada en su situación, estaba igual que sus compañeros. Ese día, en la improvisada reunión de la mañana, uno de ellos protestó y amenazó con abogados y sindicatos. Otro, con quedarse en la empresa hasta que reconocieran lo que les debían. Podrían seguir trabajando a pesar de todo. No sabían qué hacer. Ella tampoco.

Entró en una librería con la esperanza de mitigar el desorden de su mente y el calor agobiante. El aire fresco la invadió apenas por un momento. Hacía tanto que no tenía tiempo para leer que ni siquiera se compraba los libros más baratos. Allí, en la mesa de ofertas, unas tapas blancas y un dibujo perfectamente reconocible la invitaban a visitar esas épocas en las que no tenía preocupaciones. Se recordó niña en el patio de su casa, leyendo la revista que le traía su padre todas las semanas. Esa tarde del recuerdo, cuando él llegó lo notó raro. Conversó con mamá en la cocina hasta la hora de cenar. Serio, triste, así, angustiado por algo difícil de explicar. Antes de que se fuera a dormir la llamó y le dijo que tenía algo para darle. Con manos temblorosas acariciaba un paquete envuelto a las apuradas. En la mente de la pequeña no cabía la idea de un regalo completo que no tuviera moñito. La nena no entendía por qué un regalo había dejado de ser una alegría, como siempre.

-¡Qué lindo, papi! ¡*El principito*! La seño dijo el otro día que...

-Me lo dieron para vos.

Las preguntas infantiles ardieron en los oídos de su padre como ahora las respuestas que ella empezaba a recordar con todo su significado. El plural de la frase no tenía en aquel momento ningún sentido: ¿quiénes se lo habían dado? "¿Quiénes fueron, papá?" El hombre trabajaba en un quiosco hacía varios años y allí los clientes siempre sabían que podían detenerse a conversar. Algunos, de cuestiones intrascendentes; otros, de libros o de política. Mucha gente estaba preocupada por la situación política; eso lo sabía la pequeña, que vivía frente al televisor. Que veía tres presidentes (¿o uno?), que escuchaba los comunicados numerados ordenando el orden. Por las noches, después de que todos se acostaban rápido y en silencio, escuchaban una radio uruguaya en la que, según su mamá, podía uno enterarse de lo que en realidad estaba pasando.

El hombre del libro hablaba de política. Con papá. Pero no era sólo cuestión de hablar, el hombre del libro peleaba por lo que quería. Era empleado en una librería. Esa tarde había pasado por el quiosco y había dejado el paquetito sobre la bandeja de las golosinas.

-Para tu piba–le dijo. –Le gusta leer, llevváselo; decíle que se lo regalo yo.

La tibia negativa de papá no alcanzó para convencerlo. Parecía agitado. Allí estaba el paquete esperando a su dueña. Papá extendió su mano para tomarlo y el hombre hizo un gesto veloz. Le apretó la mano muy fuerte mientras le decía "Prometéme que se lo vas a dar". Inmediatamente salió corriendo hacia la librería. Papá que no entendía demasiado, asomó la cabeza por encima de la bandeja. Un auto marcó un surco en la avenida, el chirrido del freno se escuchó a metros del quiosco. Bajaron dos hombres armados que subieron al hombre del libro al auto. Ni siquiera había alcanzado a despedirse.

-¿Y cuándo va a volver ese señor? Quiero agradecerle el regalo...

Papá no respondió, enfrentando mis diez años de ingenuidad, se tocaba la mano como queriendo recuperar la presencia del amigo que sospechaba ya imposible. En su cabeza se hizo presente la promesa hecha en la fugacidad de aquel último contacto. "Decíle que se lo regalo yo", "Decíle que se lo regalo yo", un pedido final para la niña.

Para ella que lo llevó orgullosa al cole y en los recreos les leía en voz alta a sus compañeras la historia, esas palabras fueron inolvidables. Ahora se daba cuenta, ahora que le había perdonado a su libro de infancia la forma en que aparecen retratadas allí las mujeres y el amor. Nunca había estado muy conforme con que fueran como rosas, queribles a pesar de las espinas, quisquillosas, difíciles de contentar. Ella sabía que la rosa era una mujer, pero no le gustaba ser una rosa que pretendiera todo de la persona amada sin entregar a cambio sino su belleza y su perfume. El jardín de rosas de la tierra le parecía absolutamente inútil. Sin embargo, la amistad entre el protagonista y el zorro era un episodio que la conmovía. Ella no quería ser rosa, quería ser zorro. Quería que por primera vez los lazos verdaderos, los fundamentales, fueran visibles. Que se hicieran visiblemente necesarios. Había llegado el momento del encuentro después de la espera. Se sentía responsable por una relación que recién descubría. Y sabía que se había estado preparando durante mucho tiempo, por eso el momento que llegaba era feliz. ¿Había que ayudar a otros a entender que la espera es dulce porque esos lazos existen?

El rumor del recuerdo y el fragor del presente le hablaron desde el libro; para responderle, buscó las dos monedas que le habían quedado en el bolsillo, sin resignación, con orgullo y pidió en la caja que lo envolvieran para regalo. La cajera insinuó una queja, que por ese precio no podía gastar en papel, pero ella insistió muy seria en que era para regalar.

Esa noche, cuando llegó a su casa, la sonrisa de su pequeña la hizo dudar por un momento.

-¡Hola, mami! La abuela se fue hace un ratito.

-¡Qué lindas trencitas te hizo la abu! –sentía un nudo en la garganta, pero no se iba a permitir una sola lágrima.

Se acercó y la abrazó muy fuerte. Después, calentó la comida mientras le anticipaba a la pequeña su sorpresa.

-¿Cómo te portaste hoy? –la risa pícara de la niña la interrumpió. -¡Ojo que la abuela me va a contar! ¿Eh? Si no, no hay regalo.

No tuvo tiempo de apagar el fuego. Escuchó la corrida hacia la pieza y cuando llegó allí, una carita pecosa la miraba entre asombrada y agradecida. Tenía en sus manitos el paquete con el libro. Ya rasgaba ansiosa el envoltorio.

-¡Gracias, mami! ¡Cuánto tiempo hacía que no me traías un cuentito! ¿Es muy caro?

Le dio mucha ternura la pregunta que no quiso responder, porque para ellas todo era caro. Cuando terminaron de cenar, se metió con su hija en la cama chiquita. Le dijo que esta vez le iba a cobrar el regalo.

-¿Cómo? ¿Voy a tener que lavar los platos toda la semana?

-Esta vez, vos me vas a leer a mí. Vaya por todas las veces que yo te leía cuando eras chiquita. Ahora, que sos grande, y ya sabés leer muy bien, te toca a vos. Además, a partir de mañana te vas a quedar con la abuela y seguramente vas a tener que ayudarla.

Le explicó que la única forma de recuperar lo que les pertenecía era quedarse en la fábrica todo el tiempo que fuera necesario; que no les sacarían así nomás lo que era de ellos. Le dijo que no iba a volver hasta que no tuvieran todo para ellos. En la oficina donde trabajaba las cosas no estaban mejor que para los compañeros de las máquinas. Le pidió que la esperara sabiendo que estaba peleando por ella y que algún día se daría cuenta de que ese tiempo de la espera fue lo suficientemente dulce porque habría valido la pena. La pequeña le acarició la cabeza y le dijo:

-Está bien, mami, yo te voy a esperar y te prometo que no voy a estar triste.

Empezó a leer despacio, siguiendo con el dedo las líneas y la madre supo que su hija había heredado el libro.

Indice

Se terminó de imprimir en septiembre de 2006, en Pavón 1625, C.P. 1870,
Avellaneda, provincia de Buenos Aires, Argentina, dos mil ejemplares.